そつぎょう

毕业

〔日〕东野圭吾 著

黄真 译

新经典文化股份有限公司
www.readinglife.com
出 品

毕业

第一章

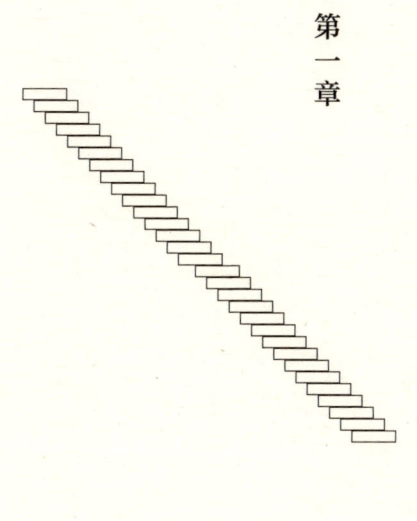

1

"我喜欢你。我想和你结婚。"

加贺坦陈出心中的想法,丝毫没有踌躇。正如他一贯的风格,即便在这个时候,目光也不会害羞地从对方眼睛上移开。

沙都子也正面迎上加贺的目光,但不知为什么,加贺的话没有马上在她心里激起涟漪。她只是意识到当下的场面稍微有些不同寻常,这让她的心跳快了起来。反复咀嚼这句话时,几秒钟过去了,两人一直相互凝视着。

终于,沙都子开口了:"你又吓了我一跳。"

这个回答似乎让加贺有些意外,他扬起眉毛问:"又?"

"是啊,你做事总是出人意料,脸上的表情平平常常,说出的话却吓人一跳,向来都是这样。"

"是吗……"

加贺的表情终于放松下来。沙都子见状理了理又直又长的刘海,露出洁白的牙齿笑了。

橄榄球社和田径社的队员们正在操场上跑步,刚才的一幕就发生在操场的一角,一旁还立着三个单杠。午休时,加贺在学生食堂选中了这个地方。

剑道社的训练一会儿就要开始了,加贺已经换上了剑道服。沙都子却想,或许是因为这番表白十分重要,加贺为了鼓励自己才换的。

"然后呢……你要我怎么表示?要我答应或者不答应?"

听她这么一问,加贺保持着挺直身子的姿势,慢慢地摇摇头。"你不表示也没关系,反正这又不是求婚,只是我的想法罢了。我的意思是,你喜欢谁、跟谁结婚都是你的自由,我只是想让你知道我的想法。"

"真想不到啊。"沙都子说出了心里话,"从高中起……不,从那以前起你的心就全在剑道上了,我以为女生和恋爱什么的都跟你无缘呢。就算你有这个心思,我觉得你也不会说出口。"

加贺露出一丝苦笑,棱角分明的脸红了起来。"就像《叶隐》里说的那样。"

"叶隐?"

"就是那本说'武士道即求死之道'的《叶隐》。那里面也有这样一句话:相恋即是忍耐。"

"还真是你的风格。"

"不管那些无趣的思想了。我是个有什么就说什么的人,所以我要在毕业前把心意告诉你。"接着,加贺说了句"再见",摆摆手走开了。

擦肩而过的瞬间,剑道服上酸酸的汗味刺激了沙都子的鼻子。她对着加贺的背影说:"等等,为什么选在今天向我表白呢?"

加贺背对着她答道:"因为今天忽然想这么做了。一个月之后就是锦标赛，我想在那之前说出来。"

"哦，可这让我很为难啊，以后我可得对你另眼相看了。"

"没办法啊，几年前我就已经对你另眼相看了。"加贺再次迈开步子。他本人可能没有意识到，他的背影是那么从容而自信。

沙都子心想，这个人从高中到现在一点都没变。

沙都子就读的国立 T 大学坐落在县厅所在地 T 市和相邻的 S 市的交界处，严格来说位于 S 市内。离 T 大最近的车站叫"T 大前"，这条私营铁路的起点在 T 市的中心。T 大的学生多半在"T 大前"等车，所以从车站到 T 大正门那段一公里左右的路又被称为"T 大大道"。

T 大建在拓开的山上，周围没有什么值得一看的景致。但是这里自然条件得天独厚，如今树叶渐黄，两三周以后，整座山就会完全换一个季节。

学校周边绿树环抱，而 T 大大道两侧却密密地排着咖啡馆、饭店、麻将馆等各色店铺。这些店的生计全仰仗 T 大学生的光顾，生存竞争十分激烈，开业到倒闭的周期异常短促。这里还从来没有出现过弹子房，因为当地居民和 T 大毕业校友都强烈反对，即便有人想干这行也束手无策。

沙都子和朋友常去一家名叫"摇头小丑"的咖啡馆聚会闲聊，走出 T 大正门约三百米，拐进左边的岔道往前走一点便是。咖啡馆的门很低，即使是小个子进门也得低着头，店内一扇窗户也没有。店面的招牌特意斜斜地挂在墙上，上面画着一个令人毛骨悚然的小丑。

跟加贺分别后，沙都子和往常一样钻进这家咖啡馆狭小的入口。

咖啡馆里有些幽暗，进门右边是一个能坐十人的 L 形吧台。头发斑白的老板通常在那里擦玻璃杯。座席和桌子在左边，一共四张圆桌，每张各围着四把椅子，靠墙处还摆着几把小椅子，方便更多的人同席而坐。

沙都子正走向吧台，最里面的桌旁有人叫她，声音沙哑低沉，像是男人发出的，却还带着几分莹润。沙都子转过头循声看去，果然不出所料，金井波香正懒懒地举着夹着烟的手。

"还是老样子啊，独行女郎一个。"

"谢谢，波香，你还不是一样。你怎么样，藤堂？"

波香旁边坐着一个身体结实、相貌端正的男生，他以微笑回应了沙都子。他是沙都子的密友之一，名叫藤堂正彦。沙都子在他们对面坐了下来。

"没看见祥子啊。"沙都子提起了藤堂的女友。大家明白，开玩笑也是打招呼的方式之一。

藤堂却一本正经，用担心又带有几分失落的口吻说："听波香说，她上完第二节课就回家了，说是身体不舒服……"

"她脸色很不好，但到底是哪里不舒服我就没问了。不会是那个来了吧？"波香说着，把乳白色的烟雾吐向天花板，脸上没有半点笑意。她是文学院英美文学系的，和藤堂的女友牧村祥子在同一个研究室。

"真希望她没事……这种时候我又不能过去看她，真伤脑筋。"藤堂皱起浓眉。

"没办法，谁让她们是住在那栋公寓呢。"沙都子看看波香，笑了起来。波香和祥子同住在一栋公寓里。

波香略显厌倦地点点头。"要是藤堂去了祥子的房间，公寓管理员没准会报警。那管理员把公寓看得像国宝一样娇贵。"

"忍忍吧，也就五个月了。"

"要是能把那五个月还给我们就好了。"

三人不约而同地把目光转向昏暗的墙上挂着的日历。今天是十月二十二日，星期二。

"既然工作都找好了，咱们一块去喝一杯吧。"波香说着，拢起了长长的黑发。

"好呀，双手赞成。什么时候？"

"今天吧。"

"今天？太突然了吧。"

"好事不等人哦。"

"今天太不巧了，我已经有约了。"藤堂插进了她们的对话，"而且祥子也不在这儿……唉。"

"加贺也来不了，剑道社集训好像一直到晚上。"沙都子嘴里刚蹦出加贺的名字，胸中就立刻变得火热。

"那家伙，过多少年都还是老样子。"波香发泄了一通，"看来，沙都子，就你跟我了，行吧？"

2

从摇头小丑出来，跟藤堂分别后，沙都子和波香一起走向车站。虽说在摇头小丑也能喝酒，但只有她们两人时，有一个固定的去处。

那是一家开在车站后面的酒吧，名叫"波本"，充满复古的情调。正如店名所示，店内只供应波本威士忌。人们对这种酒好恶不一，受不了那种独特香味的人出奇地多，这应该也是这家酒吧人气不旺的原因。但是留着一撮胡子的老板固执地坚持着他的方针，理由是他不希望一些不懂得品酒、只知道赶时髦的人光顾。

这家店的老主顾常说："在这儿私下密谈最合适不过，所以还是永远不要生意兴隆的好。"毫无疑问，沙都子她们也这么认为。

吧台边最靠里的位子已经成了她们的专座，她们在那里并肩坐下。老板一脸冷淡地在她们面前摆上两个形状不同的杯子。沙都子点了加水的酒，波香则要了加冰块的，两人先碰了一下。

波香约人喝酒总是很突然，事先毫无征兆，忽然就冒出一句"喝一杯去"。沙都子在上大学前很少跟别人出去喝酒，所以一开始对此不知所措。但这阵子也慢慢习以为常了，接到邀请时，要是有空就答应，没空就推托。她从来不问波香忽然约她喝酒的原因，觉得波香要是想说自然会说，况且无缘无故就想喝酒的情况也是有的。至于波香今天晚上怎么了，沙都子也不知道。

还是和以前一样，波香像说口头禅一样反复叨着："真想去个遥远的地方旅行。"每到这个时候，沙都子的回答都是固定的："想去就去呀。"听她这么一说，波香就会醉眼迷离地微微一笑。今天晚上也是一样，一应一和中，酒瓶空了大半。

"哎呀哎呀，到头来只能变成个……大妈吗……"波香举起那杯浓稠的液体对准吧台上忽明忽暗的煤油灯，像是自嘲一样，嘴角扭曲着，"往后苦熬的人生还长着呢。"

"都说到人生了？"沙都子左手托着腮，右手叉起一块葡萄干曲奇,苦笑起来,"该做的事你都做了,这不是很好吗?"

"是吗……可是我做了什么呢?"

"谈恋爱啊。"

波香猛然干笑起来,接着喝了一大口波本威士忌。"这没什么大不了的吧,又不是什么值得自豪的事。"

"那舞枪弄剑呢?"

这回波香认真起来,叹了口气,用牙签狠狠地叉起一块葡萄干曲奇。"那倒练得不错,不过那玩意儿练了十年也就够了。"

"你以后不练了?"沙都子担心地问。

"要做职业女性,身上疤痕太多可不好看,"波香喝干杯底的酒,"以后改打高尔夫什么的吧。"

沙都子望着波香的侧脸,心想她肯定割舍不下。从初中开始,波香就握起竹剑,一心想着要成为顶级女剑手。而沙都子不同,只是为了塑身才开始在高中练习剑道。波香在和男生的关系上也很活跃,经常和不同的男生牵手走在一起,但沙都子从没听过波香荒废时间去跟男生约会。用波香的理论来说,"恋人"让人无法集中精力,而且浪费时间。这样的她,是怎么也舍不得丢下竹剑的。尤其今年还输成这样。

沙都子喝着酒,想起了一个月前的事。

九月二十三日,县立中央体育馆。

学生剑道个人锦标赛的县预选赛,女子组终于迎来了决赛。

入围决赛的是T大的金井波香和S大的三岛亮子。两人都读四年级,堪称夺冠热门中的双璧。三岛亮子是第一次入围决赛,波香则连续第二次了,去年她在加时赛的最后时刻惜败。

"胜负只要一个回合。"休息室里,加贺冷静地对等待出场的波香说,"论力气和技术,你都更胜一筹,臂展长度也有优势。三岛在前面的两场比赛中都是临近结束时领先一分,最终获胜,整个比赛时间内都在全力拼杀,体力损耗很大。三岛应该也知道,要是纠缠不清打持久战,她是没有胜算的,所以她一定会在比赛开始阶段就全速发动快攻。"

"让她像惊慌的老鼠一样乱窜吧,我会从上面给她狠狠一击。"波香不屑一顾地说。

"有威势固然好,但千万不要理会她的撩拨。她准会趁着你出招时瞄准你的腹部。你首先要仔细看清她的动作,前半场要躲开进攻,三岛的步子总会慢下来,那就是机会。"

"对手的弱点呢?"沙都子问道。她在四分之一决赛上输掉了,已经换上了衬衫。

"没有明显的弱点,防守也很有技巧。硬要说的话,就是她的步法。比起右转,她左转时的步法更乱,加速和攻击也以右路为主。所以,当她的步法从右转左时,可能会在一瞬间露出破绽。"

"这我也注意到了,"波香说道,"但是她速度很快,要是跟不上,就是自掘坟墓了。"

"正是这样。"加贺点点头。

沙都子看了看手表,离比赛只剩五分钟。

"喝点运动饮料吗?"沙都子看到波香擦汗的毛巾已经湿透了,便问道。

"不用了,我刚才喝过了。"说着,波香的脸庞松弛下来,但依旧浮现着紧张的神色。

波香麻利地再次检查了一遍护具和竹剑,这时,一个穿着深蓝色裙子和白衬衫的工作人员过来说:"金井小姐,时间到了。"波香乓地叩响了黑色护胸,站了起来。

沙都子和加贺到二楼的观众席上观战。以藤堂正彦为首,网球社的若生勇和伊泽华江,还有与沙都子和波香同在文学院的牧村祥子都赶来了。他们是极亲密的朋友,毕业于同一所高中,交情都在四年以上。

"胜算如何?"藤堂问加贺。藤堂进了大学之后就没再练过剑,但他在高中时也是剑道社的一员,还是主将。

加贺盯着赛场说:"不清楚。"

"要是赢了就不得了了,男女双双称霸啊!"若生勇两眼放光。前一天的男子比赛中,加贺恭一郎蝉联冠军。

比赛开始了。

比赛时间是五分钟,三分两胜,先获得两分的选手就算胜出。包括主裁在内,三名裁判都拿着红旗和白旗。波香是红方,三岛是白方。

不出加贺所料,三岛亮子使出了回转战术。只要竹剑相碰,她就立即向左或向右跳跃迂回。

"和刚才预想的一样啊。"沙都子对着加贺的侧脸说道。加贺没有回应,双眼锁定两人的动作。

两分钟过去了,沙都子对着旁边的加贺小声说了句:"奇怪呀。"

"怎么了?"

"三岛的攻击太远了,这样就算她能抵挡住波香的竹剑,也不可能得到一分。她是打算在前半场使用闪避战术？可是这样到了后半场，她也不一定有取胜的机会。"

这时，颇显焦急的波香开始进攻了，向着对方前臂到面部再到腹部展开了一系列攻击。但三岛亮子都巧妙地躲过了，腿也丝毫不显疲惫。

"真是棋逢对手，动作真不赖。"藤堂钦佩地说。加贺紧绷着脸，一言不发。

四分钟过去了，双方都一分未得。要是下一分钟还决不出胜负，就要加时了。一阵胶着之后，波香又施展了一招退击面，还是被三岛亮子游刃有余地躲过了。

"动作太粗糙了。"沙都子不由得低喃道。

加贺像是认同似的微微"嗯"了一声。

到了最后三十秒，三岛亮子的动作忽然有了变化，一直在防御的她忽然逆转展开攻击。就像马拉松运动员最后冲刺一样，她加快速度在波香周围移动，一找到空隙，便立刻敏捷地以剑尖朝波香怀里刺去，脚踏地板的声音在体育馆里回响。

对手的突然快攻让波香措手不及，看台上的沙都子看得一清二楚。波香奋力防守，但动作丝毫没有平时沉着。

"被压制住了！"沙都子话音未落，努力想打破劣势的波香持剑向对方面部狠狠一击。加贺立刻喊道："不好！"

几乎就在波香和三岛身影交错的同时，三位裁判迅速举起了白旗。加贺注意到三岛的那招拔击腹完成得十分出色。

三岛那边的观众席上爆发出一阵掌声。沙都子咬紧了嘴唇。

"波香那家伙，太急躁了！"加贺几乎是在呻吟。

还剩十秒，重新开战。"开始"的信号一发出，波香就使出浑身力气来了一个前臂击，但三岛亮子轻而易举地躲开了。对她来说，接下来只需要躲避回旋，波香想要逮住她几乎是不可能的。

"时间到！"声音响起时，只见波香颓丧地垂下肩去，脸因懊悔而扭曲着，被汗水浸透的白色剑道服看上去像褪了一层色。

回到休息室，波香始终沉默，目光呆滞，只对帮忙收拾东西的沙都子小声说了句"谢谢"。

波香便是从那个时候开始变样的。那场比赛之后，她再未碰过竹剑，一个人发呆的时候变多了。沙都子本想询问究竟，但欲言又止，她相信波香过些日子会主动开口的。

沙都子走出波本的时候刚过十点。因为要赶电车，她就此与波香作别。从这里坐电车到她家要四十分钟左右。

沙都子婉拒了波香的留宿邀请，径直走向车站。波香住的公寓就在附近，沙都子也常在那儿留宿，但是今晚她怕自己会借着酒劲把加贺告白的事情说出来，所以没有答应。

波香说还要稍微喝点再回去，一个人留在了波本。能独饮上几个小时可以算是波香的特技了。

沙都子到家的时候，手表的指针已经接近十一点了。她进了玄关，朝自己房间走去，在楼梯上碰见了佳江。佳江大概是听见了开关门的声音，所以下楼看看。

"回来啦，都这么晚了。"

"不好意思，爸爸呢？"

"还没回来呢。要不要给你准备点吃的？"

"不用了，我吃过了。"沙都子快步从佳江身边走过。

佳江是沙都子的继母，在她初二的时候，作为父亲广次的继室嫁到了相原家。当初广次还担心这件事会招致沙都子和比她小两岁的弟弟达也的反对，但这种担心是多余的，他们很坦然地接受了新妈妈。他们的生母在生下达也后不久就去世了，他们能接受继母，或许是因为没有留下生母的记忆。

但是，两人对待佳江的态度与对待生母有着本质的不同。他们约定"绝对不能给新妈妈添麻烦"，从未指望在佳江面前撒娇，赢得她的母爱。

来到二楼，沙都子敲响了达也的房门，听到回应后走了进去。

达也正躺在地板上听着爵士乐举杠铃。他是K大划艇队的队员。

"呃，这味道！"沙都子走近时，达也锁紧了眉头，"都快出嫁的女人了，还搞得一身酒气回来，这样子可上不了厅堂。"

"别没大没小的！倒是你，该把多余的力气用在正经事上。"沙都子胡乱横躺在达也的床上。

"爸爸呢？回来没？"达也把杠铃放了下来。

"还没呢，怎么了？"

"没什么，只是觉得他应该不生你的气了。"

躺着的沙都子哼了一声。

父女斗气是因为找工作一事。沙都子决定去一家出版社工作，公司在东京。从T市到东京至少得花两个小时，所以沙都子只能搬出去住，但是父亲断然反对她在东京单独生活。

"我觉得姐姐的做法太欠妥了，不跟家里商量就自作主张去面试。"

"我都下定决心了，自己的事情自己担着。你也一样，不这样是不行的。"

"我知道，可我觉得爸爸终归还是舍不得。"

"我都跟你说多少遍了。"

"嗯？"

"别没大没小的，自己还乳臭未干呢。"

达也随意地躺下，比出一个像是在说"我没辙了"的手势，没再说什么。

不一会儿，沙都子沉沉地睡着了。

早上醒来时，沙都子发现她躺在自己的床上，隐隐记起昨天半夜达也把她抱到了这里。沙都子下床时想好了碰见达也时要说的台词：多余的力气还算用对了地方嘛！

换好衣服下了楼，父亲广次正坐在餐桌旁吃饭。他一手拿着报纸，嘴里塞满面包，另一只拿过面包的手正在拨弄他灰色的头发。沙都子不止一次对他说摸了头发的手再去拿吃的不干净，但他总是改不了。

"早安。"沙都子问候道。广次瞥了她一眼，也回了句"早安"。佳江从厨房走出来，她做好了早饭。

"达也哪儿去了？"

"已经走了，说是划艇队早上有训练。"

"哦……"沙都子看了看广次，他依旧盯着报纸。沙都子知道，在电子器械厂担任要职的父亲总是在考虑工作，但她觉得，现在父亲恐怕是在为她的出路深思熟虑。

这是一顿安静得让人心情沉闷的早餐,连餐具碰撞的声响也会吓人一跳。

广次先吃完离开餐桌,披上了西装。沙都子细声细气地说了声"路上小心"。

"嗯。"广次点点头。

沙都子也紧接着出了门,比平时早了半个钟头。她想赶在上课前去一趟牧村祥子的住处。

波香和祥子住在一幢名为白鹭庄的学生公寓里。她们的家都离学校有近两小时路程,所以只好决定租住在那里。当初入学时虽遭到了各自父母的反对,但因为公寓管理严格,最终还是得到了允许。

沙都子和牧村祥子高中时一起参加了茶道社。在此之前沙都子早已是剑道社成员,而同在剑道社的波香又邀她参加茶道社,说这是"为了培养专注力"。

这三人再加上网球社的华江,组成了一个所谓的恶友组合。

祥子是这四人中最温顺的,沙都子和波香有什么事的时候,她总是被拉着入伙。她的成绩又是四人中最好的,本可以上更好的大学,但是禁不住另外三人生拉硬拽,最终去了T大。

有些事还让沙都子她们心存嫉妒:她模样很可爱,是四个人中最受男生欢迎的。入学时,藤堂对祥子表明了心意,两人开始交往。沙都子觉得这样的发展很稳妥。

祥子定下的工作在一家旅行社。向来畏首畏尾的她在旅行方面倒是表现得很积极,平时几个伙伴旅行,拟定计划和安排行程之类的事都由她一手操办。这次,爱好终于要用到实际工作上来了。

白鹭庄正如其名,钢筋水泥砌成的墙上全部涂着白漆。这是一幢两层建筑，入住的全都是T大的女生。虽说是公寓，但纪律十分严格。公寓入口处设有一个值班室，管理员是一对中年夫妇，日夜严密监视着这里的动静。男生自然不准入内，就算是女生，若非住在这里，也只能白天自由出入，到了晚上若要进去，有时会被叫住。沙都子在波香房里留宿时，必须在值班室登记。这里似乎没有门禁，但是一过晚上十二点大门就会上锁，那时想要进去就只能用大门旁的通话器叫管理员开门。

沙都子走进公寓，一个正在值班室里看电视的中年女人便直勾勾地盯着她。沙都子轻轻打了个招呼，那人又一脸漠然地把视线转回电视，看样子她记得沙都子的样子。

祥子和波香的房间都在二层，隔着走廊相对。祥子的房门把手上套着绒布套，上面挂着"正在就寝"的指示牌；波香的房门上什么也没有，只是在左上角用油性笔潦草地写着"居丧"二字。沙都子稍一迟疑，敲响了写着"居丧"的那扇门。

波香可能睡得太香了，沙都子轻轻敲门时，里面全无反应。沙都子又试着叫了叫她，里面终于传出了一声强忍哈欠的模糊应答。门咔嚓一声向外打开，波香一身睡衣站在沙都子面前。

"早上好。"

"沙都子啊，来这么早有事吗？"波香的长发纠缠在一起，她挠着头发，面带困倦。一股混杂着香烟和化妆品的气味从房间里飘了出来。

"你这表情，就像全世界的人都跟你有仇似的。"

"当然有仇了，朝寝一刻值千金，却被你闹醒了。究竟什么事？"

"别生气嘛，我是来看祥子的。昨天不是说她身体不舒服，上课中途回来了吗?"

波香揉着眼睛点了点头。"昨天晚上我敲过她的门,但是门锁上了,应该是睡了,我没见到。不知道她现在起来没有。"

"哦……"沙都子转身敲了敲祥子的门,里面没有回答。"好像还在睡。"

"她跟我一样,就是早上贪睡。算了,再等等吧,你在这儿喝杯茶什么的,我换下衣服。"

于是沙都子在波香屋里喝了今早的第二杯咖啡。

乍一看波香的房间,很是煞风景,根本就不会让人想到是年轻女孩的房间。鲜花、毛绒布偶这些花哨的东西一概没有,脱下的衣服凌乱地扔在地上,几乎都是黑色系的,地毯是灰色的,窗帘是苔绿色的。屋子一角的梳妆台倒是能说明这是个女生的房间,但是一旁立着的竹剑显然更加抢眼。

"你昨天回来后还喝了酒?"沙都子看着矮桌上的威士忌酒瓶和玻璃杯问道。

"喝了一点。习惯嘛。"

波香换好衣服,开始化妆。这是项花工夫的工作,最少也要三十分钟。沙都子喝完咖啡,站起来说:"祥子应该起来了吧。"

她稍微用力地敲了敲祥子的门。此时已不算早了,所以也没必要顾忌旁边的住户。

"祥子,天亮啦。快起来!"沙都子喊了起来,但房间里连走动的声响都没有。她试着转了一下门把手,但上了锁,根本转不动。

不在吗?这个念头在沙都子脑中一闪,随即烟消云散。门缝里透出一丝电灯的光亮。那绝不是阳光,因为是青白色的,是日光灯一类的光。

祥子就在里面，而且还开着灯……

一种不祥的预感笼罩在沙都子心头，但又说不清为什么。她感到胃里一阵痉挛，马上冲出走廊，跑下台阶，闯进值班室。那个中年妇女仍坐在那里。

"麻烦借一下祥子房间的钥匙，她好像有些不对劲。"

要在平时，钥匙并不容易借，但这次管理员好像被沙都子激动的口吻镇住了，什么也没说就把钥匙递给了她。这是把万能钥匙，哪个房间的门都能打开。

沙都子飞奔回去，这时波香正好从自己房间里出来。"怎么了，这么着急？"

沙都子顾不上回答，便把钥匙插进锁孔，门咔的一声打开了。她猛地推开门跑了进去，日光灯的白光刺进了她的眼睛，房间的窗帘紧闭着。

"祥子！"

祥子倒在对面的小厨房旁，只能看见她穿着深棕色毛衣的后背。

沙都子跑过去，看见了祥子的脸。这张脸此刻清瘦苍白，完全不同于平时的圆润可爱。不仅是面容，她的手和脚都白得跟陶器一样，全身就像素陶一般毫无光泽。

"祥子！"沙都子试图抱起祥子，但波香从后面拽住了她。

"别碰她！"

沙都子颓然跌坐，只觉得呼吸不畅，脑中隐隐作痛，眼前一片模糊。

祥子已经……死了！

祥子左手伸进了盥洗池，池子里的水在沙都子迷蒙的眼里泛着异样的红色。

3

左手手腕割伤，失血过多——这是祥子的死因。刮胡刀刀片割破了她的手腕，她的手浸在盛有水的盥洗池里，而刀片就掉在尸体旁边。

沙都子在值班室里接受了两个警察的询问。那两人看上去都三十过半，眼神凶恶，让沙都子觉得酷似刑侦剧里的罪犯。

询问集中在三点：沙都子和祥子的关系、今天来这儿的原因、尸体被发现时的状态。沙都子的回答都很简单，尤其是对最后一个问题，她几乎没作任何回答——一打开门就发现祥子死了，仅此而已，然后什么也没做，就报了警。

继沙都子之后，波香也被叫了进去，她被询问的时间好像长一些，但也只过了十五分钟左右就出来了。

两人决定先回波香的住处。她们无心再去学校，而且公寓门前围着乱哄哄的人群，也没法突围出去。

两人坐在凌乱的房间里，好一阵子没说话。对面房间不时传来匆忙的脚步声和大声说话声。

终于，波香打破了沉默："我再给你倒杯咖啡吧？"

沙都子摇摇头，本来想说要喝还是威士忌吧，但是忍住了，转而问道："波香，警察都问了你什么？"马上又补充道，"时间好像有点长啊。"

"都是些无关紧要的。"波香拢起长发,"他们问我知不知道房门是什么时候锁上的。我说我昨晚十一点回来时敲了一下祥子的房门,那时候已经锁上了。说到这个的时候,看他们脸上还有些满意的表情。除此之外就没什么特别的问题了。不过我觉得他们之后还会问些更深入的问题,比如对自杀的原因有没有什么猜测之类。"

"自杀"一词提醒了沙都子什么:是啊,这状况确实就是自杀。

"就算问了……"沙都子摇着头说,"我也什么都回答不了。"

"我也一样。"波香声音低沉,好像在克制心中的焦虑。

两人又陷入了沉默,过了一会儿,沙都子幽幽地说了一句:"祥子……就这样死了啊。"

波香凝视上空,缓缓地点了点头。"嗯,就这样死了……"

正如波香所料,两人再次接受了警察的询问。当波香的闹钟指向十点时,勘查的动静渐渐平息,公寓周围也安静下来。两人正打算出门,敲门声响了。

打开门,站在那里的男子并不是刚才值班室里的警察。此人三十出头,体格健壮,脸庞泛着浅黑,微微卷曲的头发一直长到耳边,乍看之下一点也不像刑警。

男子自称是县警本部的佐山,说是想问问祥子的事。

"可以啊,请进。"波香招呼他进屋,他倒显得犹豫起来。

"呃,可以进吗?"

"请吧。"

佐山犹豫一阵后,说了句"那就打扰了"便进了门,在沙都子对面坐下。波香转身关上门，坐到沙都子旁边。

"两位都是牧村小姐的朋友吧？"佐山十分客气地问道。

两人对视片刻，波香答道："是的。"

佐山微微点了下头。"发生了如此不幸的事，想必两位都还没整理好心情，现在冒昧地问些不通人情的问题，失礼之处还请原谅。"

或许是因为进了女生的房间，佐山表现出一种与外表不相符的拘谨，但这似乎也表明了他的真诚。沙都子稍稍放松了心中的戒备。

"那么，您想问些什么？"波香催促道。

佐山低下头，从灰色西服的内袋里掏出记事本，做好了记录的准备。"那就切入正题吧，关于牧村小姐的死亡，你们有什么想法吗？"

"死亡？"沙都子不由得反问道，这个词听起来有一种莫名的不自然，"是说……她自杀的原因吗？"

佐山脸上浮现出思考的神情，他看着沙都子。"虽不十分确定，但我想今天的晚报应该会把它报道成自杀。尸体还要送去解剖，以目前的状况来看，我们觉得自杀的可能性或许更高一些……"

他的话有些含糊其词。

沙都子再次和波香眼神交会。她们刚才一直在讨论这个，对于自杀的原因，她们已经有了答案。沙都子重复了一遍那个既定回答，波香也表示赞成。

佐山听了点点头。"那是很正常的。因为有事闷在心里而自杀的案例非常多。如果是自杀，牧村小姐应该也属于这种情况。"

可是……沙都子难以释怀，再怎么烦恼也应该会对我们说吧。就算对父母而言是难言之隐，她也会对密友倾诉，自从高中认识她以来就一贯如此。要是她真有什么烦恼向朋友们都不愿提起，那就是说我们都长大成人了吗……

"那么,她最近有什么异常的表现吗?比如气色不好什么的。"

"气色是不好,"波香说,"昨天她说身体不舒服就先回来了。"

"哦?先回来了……这种事常有吗?"

"不,"波香摇了摇头,"昨天头一回。"

"昨天她在学校里遇到什么让她心情不好的事了吗?"

"这个嘛……"波香把头扭了过去。佐山又把视线转向沙都子,沙都子只能摇头,因为她昨天根本就没见到祥子。

接着佐山不厌其烦地询问祥子的性格和最近的举动。每问一个问题,沙都子和波香都互相对视,一边用眼神交流一边慎重作答,答话里没有什么能暗示祥子死于自杀。

不一会儿,话题又转到了祥子的人际关系上,藤堂的名字自然被牵了出来。提到藤堂时,佐山探出身子。"这样啊,牧村小姐和那个男生最近相处得还好吗?"

这问得也太深入了吧,沙都子想。

"我觉得挺不错的。如果感情上出了什么问题,她应该会最先告诉我们。"

听到波香的回答,沙都子没有异议。她可以满怀自信地说,最关心祥子和藤堂两人的,非自己和波香莫属。

佐山又问了两三个问题之后,站起身来告辞。他嘴上说得到了值得参考的信息,沙都子却觉得他几乎没有什么收获。

"估计他要去见藤堂了。"佐山走后,波香关上门说。

"藤堂那边有没有什么线索呢?"

"嗯……要是有会怎么样?"

"要是有……"沙都子略歪着头想了一会儿,叹道,"总觉得很凄凉,但也没办法啊。"

话音刚落,管理员就给波香打来内线,说有人打电话给她。波香出去接电话,不一会儿就回来了。

"是华江,"波香声音粗哑,"消息已经传开了,她冲我发火,说为什么不早点告诉她。"

"然后呢?"

"说什么要大家先集合,然后一起去祥子家。我跟她说,这只会给人家添乱,但她说大家先碰个头再看。"

"嗯……"沙都子站了起来。其实她一点也不累,但觉得浑身酸痛。"大家碰个头,然后干什么呢?"

波香把头侧向一边。"不知道,或许是要一起祈祷吧。"她的脸色阴郁下来,近乎自语地说,"华江那家伙,刚才哭了。"

沙都子闻言,不觉有些吃惊:自己也是祥子的密友,为什么没有哭?明明已经悲伤至极了,可胸中并没有什么压抑感。她带着更加沉闷的心情,和波香一起离开了公寓。

她们赶到摇头小丑的时候,不光伊泽华江,若生勇和加贺恭一郎也已经在等着了。华江的确像波香说的那样,一直哭到刚才,眼睛周围都红肿着。沙都子高一、高二和她同班。她小巧玲珑,显得比实际年龄小。

若生坐在华江旁边搂着她。这个皮肤黝黑的阳光男孩此刻脸上暗淡无光。加贺则满脸悲恸,一语不发。

"真是太不幸了!"满眼血丝的华江对沙都子她们说。加贺见沙都子和波香两人坐了下来,对吧台后的老板说:"再加两杯咖啡。"老板似乎知道内情，沉默着点了下头。

"藤堂呢？"沙都子问道，脑中瞬间浮现出刑警佐山的脸。

"去祥子家了。他说要去，拦也拦不住。"

波香接着若生的话茬儿，自顾自地说道："唉，他这样去行吗？"

"还是说说情况吧，到底发生了什么事？"若生的声音透出迫不及待，他分别看了看沙都子和波香。两人都表情忧郁。刚才对刑警说的话不得不再重复一遍。把事情说清倒并不麻烦，也不惹人伤感，只是反复想起祥子死去的场景让人揪心。

沙都子别无他法，只好将发现祥子尸体的情况讲了一下。这回思路已经比被刑警询问时有条理多了。她说的时候，华江又拿手帕压住了眼角。

沙都子说完后，一时间谁也没开口，四周笼罩着一种真切的感觉：一个朋友已经死去。

"确确实实是自杀吧？"加贺的声音低沉而清晰，沙都子不由得抬起头看他，这时又听见了一个沉着冷静的声音。

"看来是这样。问题是祥子为什么要自杀……"若生看了看沙都子和波香，似乎在问她们有没有什么线索。两人只是短促地对视了一眼，无力地摇了摇头。

"就是那样。"加贺喝完黑咖啡，像是自言自语地说道。沙都子觉得他的话有些不对劲，本想说些什么，但止住了。

"藤堂还好吧？"波香反问若生。

若生看了加贺和华江一眼，皱起眉头说："简直就不忍心看他……"

"哦……"

"眼神飘忽不定，像得了梦游症一样，跟他说话也听不进去。他一定是不敢相信这个事实。"

一种令人喘不过气的沉默向五个人压来。不敢相信——沙都子心想，自己不也有着同样的心情吗？

首先打破沉默的是加贺。他拨弄着空咖啡杯说："我们接下来要干些什么呢？就这样聚在一起也是无济于事。"

"你想怎么做？"华江问道，脸上还挂着泪痕。

"去上课。我打算一边听那个装腔作势的老头讲课，一边试着想想祥子死亡的原因。"

"也只能这样了，"若生站了起来，"我们能做的只有这些了。"

华江跟着若生站起身来。沙都子看了看波香。"你呢？"

波香正抽着烟，动作异乎寻常地焦躁。快烧到过滤嘴时，她把烟蒂摁在烟灰缸小丑图案的红鼻子上。"我去趟南泽老师那儿。"她声音粗哑地说。

其他四人沉默下来。她不提，谁都没有想起那位妇人。

"对，我们应该先跟老师联系一下。要是等她看了报纸才知道这事，一定会责怪我们。"若生把手插在口袋里，点头赞同。

"我也一块儿去吧。"华江说。

加贺摇了摇头。"你还是别去了。老师容易动感情，你去一定会把她弄哭。"

华江噘起嘴，显出一丝不满。沙都子见状笑了，可能是绷了太久，她感到脸颊有些僵硬。

走出摇头小丑，波香只身一人朝车站走去，其余四人则沿着T大大道回学校。若生和华江走在前头，沙都子和加贺则在后面并肩而行。沙都子不知怎么有些尴尬,步子都有些乱了,加贺却一副泰然自若的样子。"本来还想跟你愉快地走在一起,谁想会是这样。"

沙都子未加理会。"刚才在那儿……"她故意用一种强硬的语气说,"你不该那样说,不管是我还是波香,都应该很了解祥子的事。"

"那样说?"加贺似乎有些不解,然而立刻就会心地抬起了头,"哦,刚才你们表示不知道祥子为何自杀时,我说了句'就是那样',你是对这个不高兴吧。"

"没有不高兴。"

"明明一副不高兴的样子。但我说的是实话啊,要是祥子真把烦恼告诉了你和波香,我想她也不会自杀了。烦恼就是这样,说给别人听,痛苦就减少一分。"

"可要是那样,她就应该告诉我们了。"

"这可不一定。能告诉你,就说明她心里还有余地。真正的烦恼是无法为外人道的,这时友情也无能为力。"

"你是想说女生之间尤其如此吧。"

"这跟性别没关系。有烦恼的时候,每个人都是孤独的。只是……"

"只是什么?"

"恋爱中的人是否也如此,这我就不清楚了。"

你知道了还得了?沙都子心中有些愤愤。

4

离中午还有一段时间,沙都子和华江决定先去研究室。按学校的规定，国文系四年级学生每天都必须去一趟研究室。

　　国文系的研究室是文学院里最大而又最旧的。门有些不易开合，拉开门进去，里面摆着一些看上去饱经沧桑的木书架和长书桌，乍一看就像个小图书馆。一些古文书之类的资料裱了框挂在墙上。沙都子第一次走进这个研究室时印象并不好，觉得这一切纯属装腔作势。

　　书桌那边有十来个人，或在写报告，或在整理复印笔记，都在忙着，他们都是四年级的。研究室是三、四年级共用，但三年级今天有个重要的讲座要听。

　　沙都子和华江进来的时候，桌子对面有两三个人抬头看了一眼，流露出明显与平常不一样的表情。那种表情既好奇又犹豫，明明想问，又开不了口。文学院女生多，看来祥子自杀的传闻已经迅速传开了。沙都子觉得这情形就像在地板上撒了一大把玻璃球一样，立即四散不可收拾。

　　沙都子和华江没有理会她们的目光，着手做起自己的事情，又要查资料又要写报告，要做的事堆得跟山一样。桌子上摆满了各种文献和笔记，只是今天查阅工作被打断的可能性很大。

　　她们坐了大概半个小时，那扇不易开合的门又被打开了，发出歇斯底里的声响。助教川村登纪子出现了，她迈着大步径直走向书架。沙都子感觉不妙，因为登纪子有个习惯：找资料时心无旁骛，可一旦手头的事干完了，就喜欢管旁边学生的闲事。

　　果然，她刚把文献从书架上抽出来，就以一种令沙都子无法理解的语气冲她们说："相原，是你发现尸体的吧。"语气不痛不痒，"一定吓着了吧？"

"这个……"

"怎么就自杀了呢？因为男人？不会吧？"

华江在桌子下面轻轻踢了沙都子一下，让她别理会。沙都子用眼神示意：放心，我还不至于这么傻。

"她好像是有个男朋友吧。"沙都子对面一个叫小野弘美的学生说。她似乎早就有话要说，借着登纪子的话才终于敢说出来。

"有是有，但我不太清楚。"沙都子敷衍着。

"好像是理工学院的学生，他们处得还好吧？"

"哎……"沙都子已经不耐烦了。刚刚才跟好朋友永别，还在伤心，现在却不得不应付这种无聊低俗的话题。弘美说得越来越起劲，开始唾沫横飞。

"牧村和她男朋友该不会闹僵了吧？"

"怎么说？"

"呃，我听英文系的男生说，今年夏天讲座旅行的时候，牧村好好享受了一番偷情的快乐呢。"

"偷情？"沙都子问道。

所谓讲座旅行，就是为了增进学生间的感情，以研究室为单位，在每年夏天举行的旅行。波香因"不喜欢这种没有目的的集体生活"没有去，而喜欢旅行的祥子参加了。

"听人说在旅行途中，她跟一个男生小组混熟了，不时在晚上去他们那边喝酒，玩得挺开心呢。正常情况下，一个有男朋友的人是不会这么干的，你不觉得吗？"

"嗯，我不太清楚。"沙都子觉得这太荒唐了：我当是什么呢，原来是这点事。祥子我可了解，她是那种禁不起别人生拉硬拽而常常违背自己意愿行事的人,那一次肯定也是抵不过朋友强邀才去的。

见沙都子反应很冷淡,弘美转向川村登纪子讲了起来。登纪子饶有兴致,双眼放光。沙都子不由想起附近小区里主妇们三三两两聚在一起,没完没了地说长道短的情景。

临近中午,华江和沙都子离开了研究室。今天她们不打算再回这里了。沙都子准备在下午上完第三节课后就去摇头小丑或者波香的房间等波香回来。波香三年前就把房间的备用钥匙给她了。

午饭就在食堂对付着吃了,沙都子要了鸡排和沙拉,华江要了天妇罗。学校食堂的菜单永远列满了油炸食品,从来都没变过,沙都子暗自抱怨着。

两人吃了一半就放下了筷子,肚子还空着,但肠胃已经不想工作了。

华江喝着塑料杯里颜色浅淡又没什么味道的茶嘟囔了一句:"我们算是祥子的什么人呢?"

沙都子没有回答,只是盯着洒到桌上的茶水想,为什么这食堂的桌子上到处都是湿的?

"祥子肯定有什么想不开,可我们却什么也不知道。"

"嗯……"

华江的话别无他意,沙都子却感到自己在受责,刚刚吃下的东西就像铅块一样压在胃里。

"咱们这几个人,要说有烦恼,祥子的烦恼肯定是最不好理解的,她太过敏感了。"

"也许吧……"

也许是,沙都子心想,但也许不是。她现在已经不敢说自己了解祥子了。

"她真的有些敏感,上次她身上起了些疹子,我跟她说没什么大不了,她却那样在意,肯定是沾染了什么小姐气。照此说来,说不准她就是为一些鸡毛蒜皮的小事自杀的。"

"或许吧。"沙都子含糊地点点头。

下午第三节课上,沙都子一直在回想最后一次见到祥子是什么时候。感觉像是很久以前的事了,事实上不过是前天下午,在摇头小丑。那个时候的她是什么样子的呢?不知道为什么,沙都子越想回忆起来,记忆却越是融入黑暗。她当时的样子、说了什么话已经记不起来了,在沙都子脑中回旋的只有烦躁。

下课后,华江说要去上第四节课,沙都子便和她分别,径直去了波香的住处。她不想马上回家,一半是想打听一下波香那边的情况,一半也是想看看祥子的房间。

沙都子来到白鹭庄门口,那里已经恢复了平日毫无生机、死气沉沉的样子。中年女管理员见了她,像是说了句什么,目光立刻又移回一直在看的周刊杂志上。

祥子的房门关着,"正在就寝"的牌子斜挂在门上。"你睡过头了。"沙都子低喃着,尾音有些哽咽。

她下意识地把手搭在门把手上,绒布的套子摸起来很舒服。她用手腕稍微使力转了转,本以为锁上的门竟然没遇到什么阻力就开了,让她吃了一惊。更让她吃惊的是,房间中央有个男子,一身灰色西服,对着房间的另一头盘腿而坐。沙都子瞬间屏住呼吸僵住了,男子慢慢朝沙都子扭过头来。

"呀,是你啊。"

"哦，您是今天早上那位……"

"佐山。"

是今天早上的那个刑警。佐山朝沙都子转过身，拘谨地跪坐起来。沙都子有点慌了神。"对不起，嗯……我还以为这里面没人呢。"

"没关系，我也没干什么，就是回来有点事，稍微在这儿休息了一会儿。况且，"佐山歪了下脑袋，"这儿也不是我的住处。"

除了刚才佐山的说法，沙都子找不到其他理由来解释为什么会在这里碰见他。她也不知道自己为什么忽然想来祥子的房间看看。她朝佐山微微点头示意，准备离开。这时，佐山朝着她的背影说："等等。"沙都子回过头来。

"想起什么来了吗？"佐山特意避开了"关于自杀动机"几个字，算是照顾对方的感受吧。

"没有。"沙都子刻意说得斩钉截铁，微微感觉到一种如压住发痛的牙齿的空虚快感。

"哦，果然……"佐山把手伸进了西装内兜，又好像想起什么似的缩了回来。或许他本想拿烟，但随后意识到这是别人的房间。"我找了很多人，也是没有线索。既然她对你们这样的密友都没有说出心中的烦恼，那对父母和教授肯定也不会说了……"

或许吧，沙都子心想，换成自己也是一样。

"这就叫我为难了，报告上总得写些什么才行。"

"您准备怎么写呢？"

"没办法。照现在的情形，只能写她是一时冲动自杀。"

"一时冲动……"沙都子觉得写上这个词更不合适，若是真要写，捏造一个适当的自杀理由才更具真实感。

"哦,对了,"佐山一改先前的语气,"我们还发现了她的日记本。"

"红色封面的那本？"

"对,你也知道？"

沙都子以前在这儿留宿的时候,好几次看到祥子在那个本子上写些什么。祥子常用一支吸满蓝墨水的钢笔,将纸页写得密密麻麻。她常挂在嘴边的一句话就是:"真想让今天充实得写也写不完。"

"发现什么了吗？"

佐山摇了摇头。"我找她家人核实了日记,还是没找到称得上自杀动机的信息。我也不是没想到会这样,日记就是这样一种东西,心里有事不想让别人知道,写的时候又会设想别人正在看自己的心事。"

可能是吧,沙都子心想,对于不写日记的自己来说,这还是有些难以理解。"可要是我,自杀前几天还一直写着与烦恼完全没关系的内容,这做得到吗？"

"换了我可不行,"佐山抢过话头,"而且牧村小姐也办不到。她最后一篇日记的日期是四天前。"

"四天前？"

"对,因此稳妥地说,导致牧村小姐自杀的事由应该就在四天前。所以也请你们再仔细想一想当时的情形,真相很可能就在意想不到的地方——哎呀,你朋友好像回来了。"

如佐山所说,走廊上响起了脚步声,就在这房间前面止住,接着是一阵钥匙开门的声音。那声音就像一个信号,佐山站了起来,沙都子也出了房间。

"那么,再见。"佐山说完穿过走廊离开了。

5

"四天前……"波香边喝速溶黑咖啡边听沙都子说话,看起来十分疲惫。

"记不起来了。"

"我想也是。"

"回头我问问英文系的人,但我觉得他们不会比我们知道得多。"

"对啊。"沙都子无力地点点头,"南泽老师那边怎么样?"

听沙都子问起这个,波香似乎难以开口,欲言又止。"还是哭了,跟想的一样。"

"你是跟她说……自杀吗?"

"除了那个还能说什么呢。老师听后就一直不停地说'为什么,为什么'。"

南泽雅子用手帕按住眼睛、形容枯槁的样子浮现在沙都子眼前。刚刚步入老年的她,听着波香的诉说,会是什么心情呢?波香说的时候,脸上又是怎样的表情呢?沙都子一面庆幸自己当时不在场,一面佩服波香内心的坚强,心中两种感情交织在一起。

南泽雅子曾经是县立R高中的茶道社顾问。沙都子、波香、祥子、加贺和藤堂都跟她学过茶道。加贺和藤堂并不是茶道社的正式成员,他们和沙都子一样受到波香的影响,每周参加一次茶道学习。同时南泽雅子又教古文,是沙都子她们的老师。若生勇和伊泽华江没有参加茶道社,但南泽是他们高三时的班主任。这几个人由于各种机缘都受到过她的恩泽。正因如此，虽然她现在已经退休了，大家每年还是会到她家聚几次，说说各自的近况。这几乎成了他们高中毕业后的例行之事。

"对了，"波香喝完咖啡，点上了烟，"学校那边情况怎么样了？祥子的事成了大家的谈资吧？"

"嗯，"沙都子轻轻摇头，"好像是有一些传闻，不过不太清楚……"

沙都子没有把国文系里那些无聊低俗的传言说出来，这种让人不快的事，一个人知道就足够了。

"到头来能一直记得祥子的人，也就那么几个。"波香说道，如同在叹息。沙都子不愿意听她这么说，但那的确是一个令人伤心的事实。

"哦，对了，"波香吐出口中的烟，烟雾缭绕中她蹙紧眉头，"刚才我听管理员说了，那天晚上十点多有人打电话给祥子。"

"给祥子，是谁？"

"这不是明摆着嘛。"

"藤堂吗……"

"管理员说就是那个经常打来电话的男生。当时她喊了祥子，没人答应。她便到了祥子的房间门口，门已经上了锁，敲了敲也没反应。又到厕所找，但就是没见着。她对藤堂说祥子可能睡了，然后挂了电话。"

"这么说，那时候祥子就已经……"沙都子没有说完。

"已经没了。"

"藤堂连祥子最后的声音也没听到……"

"这事可别在藤堂面前提起。"波香忧伤地看着沙都子。

祥子的遗体被发现两天后,牧村家举行了葬礼。沙都子等六人避开了高声谈论的亲友,远远地等着为祥子上香。

"大家好久都没有聚在一起了。"华江环顾着朋友们说。事实确实如此。

"没来齐呢,还有一个人。"沙都子小声说。大家明白她的意思,一时间都缄口不言。

"自杀原因到现在还不清楚吗?"穿着学生制服的若生勇向女生们问道。沙都子不由得垂下了目光。

见没人答话,一旁的加贺开口了:"昨天报纸上写的是'困扰于自己的前程',当然,后面还是加了个问号。"

"这不可能,她都进了自己最想去的旅行社了。对吧,沙都子?"华江有些生气。

沙都子没有她那么精神,只是含糊地回答:"是啊。"

藤堂站在离他们稍远的地方,呆呆地望着那些身着丧服轮流上香的人。沙都子觉得,这两天来藤堂瘦了一圈,仿佛遭受了病痛的折磨,变得沉默寡言,闷闷不乐。

昨天他也是这样——沙都子想起在祥子死后第一次见到藤堂的情景。昨天上午上学途中,他们坐的是同一辆电车。

"什么也别问,"没等沙都子开口,藤堂就痛苦得近乎呻吟地说,"我什么也回答不了。"

显然,他指的是祥子自杀的原因。

"可是,祥子在四五天前就有了困扰,你就没有半点头绪吗?"

"没有,有的话我会说。"藤堂似乎要就此结束对话。

现在，沙都子望着藤堂的背影想，为什么他的女友不对任何人说她的烦恼呢？是不肯说，还是不敢说……

忽然，一个念头在脑中闪现，虽然只是个毫无根据也毫无逻辑的臆想，沙都子却觉得它异常有说服力。祥子一定是累了——沙都子最后把原因归结于此。

六个人都上完香时，南泽雅子出现了。身材矮小的她在说话的杂乱人群中穿行，看上去就像个影子。满头银发、金边眼镜和一身丧服是那么相配，沙都子看了，不知为何有点伤感。

南泽注意到了沙都子等人，只是用眼神打了个招呼，随即走进了牧村家。

沙都子正呆呆地目送着老妇人的背影，忽然被人拍了一下肩膀，吓得差点叫出声来。她一脸惊愕地回过头，看见一身学生制服的加贺把一个红皮本子递到她面前。一瞬间沙都子想到的却是完全无关的事：男生只要一件学生制服就够了，真是方便啊。大概是因为早上她为如何着装就苦恼了一个多小时吧。

"这是你们说的日记，"加贺把日记本塞到沙都子手中，口气有些生硬，"看了这个应该就能读出祥子心中的波折了。"

"这个，你是怎么弄到的？"沙都子低头看着如血般的深红色封面问道，这才注意到封面上还有一个蔷薇浮雕花纹。

"我向祥子的妈妈借的。"

"她没回绝吗？"

"我跟她说，是你托我来借的。"

"哦……"

沙都子已经告诉了加贺他们，佐山跟她提到了日记。昨天他们也商量过，觉得有必要亲眼看看。

"谢谢！"由衷的感谢脱口而出，沙都子觉得自己很久没有这么率直过了。

"吓我一跳。"加贺缩了缩脖子。

南泽雅子上完香回来，刚才还四处分散的六个人仿佛被什么吸住了一样，又聚在了一起。看到藤堂的表情这时稍显柔和，沙都子松了口气。

"我正准备出门的时候，念珠的线断了，"南泽拿出褐色的玉念珠平静地说，"我一颗一颗捡起来串好，所以来迟了。电车上我数了数念珠，怎么数都缺两颗。一颗的话还说得过去，缺了两颗就说明我已经老喽。"

"老师……"华江忍不住把头靠在南泽的肩上。她刚才还好好的，但毕竟是个情绪容易波动的人，此时悲伤又涌上了心头。

沙都子见状只觉得胸中热浪上涌，眼圈变得滚烫。她的反应被南泽看在眼里。

"这个时候，我真庆幸我们中间有几个男生啊，"南泽看着加贺和若生，"你们还能把女生扶住。好了，我们向牧村夫妇告个别，然后静下心，去我家慢慢品茶吧。"

老教师告诉他们，茶道用具已经准备好了。

6

在去往南泽家的电车上，沙都子翻开了祥子的日记，第一页上的日期是今年的一月一日，上面写道：

　　写日记绝不能半途而废，这是基本的目标。因为这个日记本太贵了。

沙都子想起了祥子淘气的表情。
"祥子不是没耐心而停笔的，她的目标也算是实现了。"坐在旁边的波香凑过来看着日记说。
"嗯，是啊……"沙都子含糊地应了一句，哗啦哗啦地翻看起来。无论哪一页都至少会出现一次"藤堂"二字。比如：

　　五月五日，下雨。好不容易能出去兜风了，却是这种混账天气！结果只好挨个咖啡厅喝东西。
　　在L咖啡厅的时候，藤堂果然还是说要去读研究生，真棒啊！但不管怎么说，在魔鬼般的教授面前，前路肯定艰辛，要加油哦！我跟他说我想去旅行社工作，他说："在研究生毕业前，你只要好好学习怎么做新娘就行。"真高兴啊！
　　可我祥子还是要朝着职业女性的目标奋进。

沙都子看着这篇文字，心中异常忧郁。她强打起精神，翻到了祥子死前的那一页。那熟悉的圆体字记录了下面的内容：

　　疲惫的日子继续着，论文停滞不前，波香的鼾声又这么吵，一点睡意也没有。身上还长了疹子，痒死了。真没劲！

"真想不到，那时祥子已经深陷烦恼了。"波香指着"鼾声"两个字说。

"正如刑警说的那样，第二天祥子肯定是碰到了什么事。可问题是……究竟是什么事呢？"

"让我看一下。"波香拿过日记。

"有什么眉目了吗？"一直抱着胳膊紧闭双眼坐在对面的加贺半睁开眼睛问道。若生、华江、藤堂和南泽雅子正坐在稍远处说话。

"还不清楚呢。"沙都子说。

加贺轻轻点头，又闭上了眼睛，不知道对这句话是如何理解的。

"奇怪呀。"

这回轮到沙都子凑过去看日记了，翻到的是八月八日那一页。

"祥子在元旦起过誓，她也的确每天都写日记，就连考试那几天也一样。可是八月八号之后紧接着的却是八月十五号，中间有六天的空缺。这是怎么回事？其他时间都没有这种情况。"

"上面写了什么原因吗？"

"没有。"波香摇头道。

沙都子的视线又回到了日记上。确实奇怪，日记中断的那段时间，祥子究竟经历了什么？如果中断日记并不是因为太忙了……

沙都子忽然想起了什么，问道："哎，八月八号那天英文系有什么活动吗？"

"活动？没有啊，那时候正是暑假——"波香忽然打住，匆匆忙忙从手提包里拽出一个蓝色记事本。这本子不知已用了多少年，封面早已破旧不堪。"对了！"波香埋头翻看了一阵，猛然点头说，"那天有讲座旅行。"

"果然。"沙都子叹了一口气,果然如此。

"看来你是知道些什么了?"波香用试探性的眼神看着她。

"嗯,事实上……"沙都子压低声音不让加贺听到,对波香讲起了前几天在研究室听到的事,即祥子曾在旅途中和陌生的男生小组一起玩。

波香听了,不快地皱起眉头。"这类事我也听说过,我们研究室有很多爱玩的人,真想不到祥子也在其中。"

"这究竟是怎么回事?"

"是啊,怎么回事?可是……"波香用手指敲弹着日记本说,"我总有种毫无根据的预感。"

"哎,波香,葬礼的时候我就在想一件事。"

"那种氛围下你还能思考问题!"

"我觉得对恋人都不能说的秘密,只有一种。"

波香故意咳嗽了一声:"那种事?"

"对,那种事。"

波香沉吟着,有些烦躁地对着自己的长发胡乱挠了一通。"就是说在旅行中,祥子和那个我们不认识的男生发生了什么?"

"我也不愿意那么想,可……"

"比如说,强奸?"

"或许吧,总之那时候发生的事让她把日记搁下了。"

"而那件事和她如今的死有关……嗯。"波香轻声说着,闭上了眼睛。

南泽雅子的家是一座旧宅。从车水马龙的车道出来，沿着石板斜坡往上走五十米左右，就到了她那栋木房子。因为坡道缓缓弯曲，房子的正面总给人一种看上去要比实际宽大许多的错觉。玄关上装着格子门，整栋房子宛如历史剧舞台的背景，只是正前方的一根水泥电线杆破坏掉了一切。

从坡路到玄关有一处低洼的地方。大家紧跟着南泽进门。房子的门楣太低，加贺和若生这样比较高的人不得不弯下腰来。

进去之后是没铺地板的玄关，沙都子感觉刚才还凝固不动的空气，在他们进来后激烈地流动起来。

他们照例进入最里面那个十叠①大的房间，房间有外廊，透过外廊能看到院子里的花木。一进那个房间，大家就不知不觉地齐齐端坐下来。

南泽准备茶的时候，六个人都怔怔地望着外面的庭院。

"上次来的时候还是春天，那棵树开满了白花。"加贺站在外廊上指着一棵矮树说。

"那是吊钟花，"波香说道，"它开的花很像铃兰，是落叶树，可现在叶子尚未变红，时间有点太早了。"

"懂得真多啊，是听老师说的吗？"若生问。

波香面无表情地答道："不，是听祥子说的。"

南泽雅子把茶具拿了过来，六个人面向她坐好。经过了几次这样的聚会，他们连座次都无形中决定好了，首位是波香，接着是沙都子。

---

①日本计量房屋面积的单位，1叠约为1.62平方米。

沙都子的目光始终紧跟着南泽的手。南泽的动作毫无赘余，行云流水，搅动茶刷的动作也像机器一样精准又安静。

　　他们拿起茶碗，感觉着那沉甸甸的分量。茶碗里积着草色的沉淀，上面漂着比串珠略小的泡沫。按里千家[①]的规矩，要和着泡沫一饮而尽，然后默默地把茶碗放回原处。

　　"若生，还有伊泽，"南泽制着茶说，"你们也已经十分熟悉茶道了啊。"

　　"啊，算是吧。"若生端着茶碗，看着华江说。

　　几人中只有他们俩没有学过茶道，一开始是勉强被拉来喝茶的。华江很快就熟悉了茶道，若生却感觉比登天还难。在他看来，这就跟喝绘画颜料一样，让人很不舒服，所以并不喜欢。但最近他总算也能时不时沏个茶喝了。

　　大家说了说各自的近况，也夹杂了一些闲聊。暂告一段落后，沙都子放下茶碗问道："老师，您最后一次见到祥子是什么时候？"

　　南泽的脖子微微前伸。"这个啊，准确的日子我已经记不清了⋯⋯大概暑假后半段的时候，她来过一次。"

　　"暑假？"沙都子和波香对视了一眼，"找您有什么事吗？"

　　"有什么事？这我可想不起来了，感觉也没有什么特别的事。"

　　"只是喝茶就回家了？"

　　听到加贺的问题，南泽只答了一句"是啊"。

　　"你们都想知道牧村自杀的原因吧？"南泽一边为波香制第二道茶一边说。沙都子无言地点点头，波香也跟着点头。

[①] 日本茶道流派，以千利休（1522–1591）为创始人的三千家之一。其他两家为表千家、武者小路千家。

"藤堂，你一定也想知道吧？"

忽然被人询问，藤堂吃了一惊，浑身都僵住了。他什么都没说，只是嘴唇微微动了几下，然后用颤抖的声音说："确实想知道啊。"

"我倒是不怎么想知道呢。"南泽放下了茶碗，波香随即端了过去。"我可不想让牧村一直保守着的秘密暴露出来。况且人已经死了，对我们的追查可是想反抗也无力啊。"

"我们也是难以释怀啊，"华江说着就哭了，"不管有什么秘密，我们可都是能让她倾诉的朋友啊。"

"不能对你们说的，才叫秘密。"南泽雅子环顾自己的这些学生说，"再喝一道茶怎么样？"

归途中，沙都子和波香中途就下了车，目送其余四人离开之后，又坐上了反方向的车。

两人并排坐下，取出了那本刻着红色蔷薇浮雕的日记，沙都子急不可耐地翻到要找的那一页。

八月二十日。今天去了南泽老师家，一边欣赏老师的手艺，一边聊天。但一直都是我在说话，老师只是在听着……

"上面没写老师说了些什么。"沙都子想起了佐山的话：日记就是这样一种东西，心里有事不想让别人知道，写的时候又会设想别人正在看自己的心事。

"但我觉得她们谈的就是讲座旅行的事，祥子个性很单纯，思想又有些保守。要是她和其他男生发生了关系，说不定觉得就得判死刑呢。"波香认真地说,"在这方面本应该多进行一些教育的。"

两个人再次来到南泽家,南泽还以为她们落了东西。当沙都子说想要谈些私密之事时,南泽表情变得凝重,只是嘴角挂着一丝微笑。"请进,这次就喝点咖啡吧。"

南泽说着便把她们领进了客厅。这个地方连沙都子都没来过,足足有十二叠大,客厅一角有一张旧桌,桌腿雕着花,上面摆着一套百科全书。书和桌子看上去都有年头了,上面却是一尘不染。

"这是我过世老伴的东西。"见沙都子一直盯着那边,南泽一边摆放咖啡杯一边说道,"这里以前是书斋,书架什么的都有,可惜现在基本上都处理掉了……"

南泽雅子的丈夫是某国立大学的数学教授,十多年前就过世了,从那以后,南泽一直独自守着这栋房子生活。

"老师,其实我们来是想问问祥子的事情。"沙都子单刀直入,道出了暑假里讲座旅行的事,想知道祥子是不是找老师谈过这件事。

南泽没有马上回答,而是反问道:"你们怎么知道的?"

沙都子把在学校研究室里听到的传闻说了出来,南泽闻言垂下眉毛,伤心地说:"唉……人一死,生前的事就像来了一次大扫除,好的坏的全都会被搬出来。你们是觉得那件事跟这次的事有关,对吧?"

"我想……说不定有关系。"

听了沙都子的回答,南泽微微点头,把咖啡杯端到唇边。茶道教师即便在这种时候依旧姿态优雅。

"牧村说,她不是被强奸也不是被骗,是完全醉倒在了当时的气氛里,又说事到如今确实是自己不对。她问我是否应该把这一切告诉藤堂。"

沙都子和波香相向而视,心想,果然如此。

"那老师您对她说了什么呢?"沙都子提心吊胆地问。

南泽脸色稍缓,说道:"我让她别把这事说出去。既然藤堂一无所知,又何必特意跟他说起这些让他不高兴的事呢。但牧村担心就算保持沉默,心事也会被藤堂看出来。我就说:男人可没这么敏感,与其担心这个,倒不如今后多注意一些。"

"老师说得太对了。"波香十分感激,沙都子也是同样的感受。只是现在再怎么感激也没意义了。

"祥子就接受您的建议回家了?"

"嗯,"南泽点头回应,"所以我觉得这事跟她自杀没有直接关系。"

沙都子和波香不约而同地舒了口气,这口气吐得既有些放心又有些失望,感觉十分古怪。

"你们还是打算把她自杀的原因弄个水落石出吗?"南泽的问话里带着些责备的口气。

沙都子的回答稍有些底气不足,但又态度坚定。"我们不甘心。"

"嗯,没办法,毕竟你们有这个权利……"

"正因为不甘心才要查。"

沙都子重复了一遍刚才的话,南泽几度点头。

离开南泽家后,两人沉默了一阵子。这已经是今天第四次搭上电车了。在摇摇晃晃的车厢里,沙都子心不在焉地看着车内广告,扫视着广告的标题,却完全映不到脑子里。祥子的事情和南泽说的话在她脑子里毫无规则地乱窜。

"我想只有一种可能了。"波香习惯性地往上撩头发,忽然开口说。

"可能?什么可能?"沙都子看着波香的侧脸问道。

"讲座旅行期间发生的事就是导致祥子自杀的原因。虽然已经过去很久了,但是有一点值得深思。"

"哪一点?"

"我是说,那件事会不会被藤堂知道了。"

"被藤堂……"沙都子思忖着,这样猜测并无不可,因为此事确实不能说保守得很严密。事实上,沙都子都能通过闲聊听到传言,藤堂在类似情形下知道这件事也很有可能。

"于是呢?祥子因为太过介意而自杀了?"

"或者,可能是藤堂在这件事上责备了祥子,说了要分手之类的话。依祥子的性格,那对她可是相当大的打击。"

"换了你,肯定觉得没什么大不了吧?"

"但祥子毕竟跟你我不一样。"

"那,怎么办呢?想证实也只有找藤堂了……"

波香倏地别开了头。"这我可办不到。"

"我也不想啊。"

"日记……日记里有没有写什么呢?"波香用下颚指了指沙都子手边的日记。沙都子再次拿起了那个红皮本,翻找夏天以后的日记。不知是不是心理作用,在夏天之后的各页日记里,"藤堂"出现的频率似乎低了许多。

"写到了藤堂的,这是最近的一篇了。"沙都子把标着十月十五日的那一页在波香面前摊开。

十月十五日星期二。今天藤堂跟我说了他的梦想——做学术研究啦，参加国际学术会议啦，成为大学教授什么的，他的梦想里也包括了我——从一个职业女性变成了教授夫人。"所以说，这个位置可非你莫属了，"他说，"因为能做教授夫人的必须得是淑女。"我试着问："我是淑女吗？""当然了，"他说，"沙都子和波香她们，很遗憾，都不够资格。"……

"去死吧！"波香小声咒骂了一句，轻轻闭上眼睛。

到达白鹭庄时已是傍晚五点左右了。

"吃过晚饭，我们去喝一杯吧。"

应波香的邀请，沙都子也来到了白鹭庄。上次的个人锦标赛后，沙都子明显感到和波香一起喝酒的次数更多了。

走进公寓，沙都子冲值班室微微点头，想跟管理员打个招呼，让她知道自己今晚会在波香那儿过夜。一天到晚都板着脸坐着的中年女人对面站着一个面熟的人，沙都子一见立刻停了下来。是最近经常见到的那个刑警佐山。

佐山正在跟住在祥子隔壁的古川智子说话，注意到了沙都子她们，便冲她们轻轻点了下头，说："金井小姐，等会儿方便找你们吗？"沙都子注意到，他的神色跟上回比起来更加紧张了。

"随时奉陪。"波香说着，和沙都子上了楼。

"看来他们还要聊很久。那个刑警究竟问了智子些什么呢？"进屋后，波香说道，轻轻咬了咬下唇。

古川智子是三年级学生，住在祥子左边房间。祥子的尸体被发现前，她刚好出去旅行了，所以没有接受警方的询问。

"没什么大不了的吧,只是因为那天她不在,所以今天来询问一下她罢了。"

"看上去不是这么回事,你应该也注意到了吧。"波香把挎包扔到一边,接着说,"喝杯红茶?"

波香正准备取茶杯,楼下传来了管理员喊她的声音。她问沙都子:"在这儿行吧?"说着趿着拖鞋走了出去。沙都子一时没有反应过来,等到听见佐山的声音顺着楼梯传上来时,才知道她刚才说的是谈话地点。

"打扰了。"佐山挠着头脱了鞋,跟着波香进来了。沙都子看着他那套灰色西装,不禁怀疑:他是不是只有这一套衣服?

"您跟古川谈完了?谈了好长时间啊。"波香想通过这个问题试探,但佐山只是模糊地回应道:"是啊……"他接着道,"事实上,我这次来是想再问一下祥子自杀那天晚上的情况。"

"晚上?"波香把视线移向沙都子,然后又转回到佐山身上,"怎么了?"

佐山煞有介事地拿出黑色的记事本,向波香确认她之前的证言:"那天晚上,你一回到公寓后就敲了牧村小姐房间的门,对吧?"

波香看着他,点了点头。

"时间是……"

"十一点。"

"哦,对,那问题就来了,那时门真的已经锁上了吗?"

"锁……"波香微微低垂视线,仔细思考了一下,然后抬眼看着佐山答道,"锁上了,千真万确,我还来回转动了门把手,但就是转不开。"

"确定吗？或许会有错觉。"

"确定。"虽然感到意外，波香还是回答得很坚定。

"那之后，牧村小姐的房间里有没有传出声响？比如说有人走动或者进出的声音……"

"不，我想没有。那天晚上我很晚才睡。虽然喝了点酒，但我一直都很在意祥子房间的动静，如果有什么声音肯定能发觉。"

"冒昧问一下，你那天几点钟睡的？"

"我记得是……一点左右吧。"

沙都子在一旁点了点头，她知道波香平时就是这样。

"哦……"佐山声音消沉，他看了看记事本，紧闭着嘴略有所思。

"请问，有什么不对吗？"沙都子开口问道。

佐山摇摇头，谨慎地说："不，没什么，但请你们不要向别人说出今天的事。"说完，他合上记事本，道了谢，起身告辞，却被波香一把抓住了右臂。

"请等一下。您就不能告诉我们究竟怎么了吗？这一定跟您从古川那儿问来的有关吧？"

佐山的表情显出一丝沉痛。"现在还不能告诉你们，但是总会有不得不告诉你们的时候。"说完，他挣脱了波香的手。

"您不告诉我们，我们就直接去问古川了。"沙都子对着准备穿鞋的佐山说。佐山犹豫着皱了一下眉，接着又恢复了和善的面孔，说："那就随你们了。"他朝她们鞠了一躬，头也不回地离开了。

两人听着佐山刻意放轻的脚步声，确定他已离开后，不约而同地来到走廊。波香毫不迟疑地敲响了古川智子的门。伴随着一个困倦的声音，门打开了。

"哎呀，是学姐。"智子虽然穿着运动衫，但明显刚打了个盹，头发乱糟糟地蓬着。

"我们进来啦。"波香没等智子回答就进了房间，沙都子紧随其后。这似乎是家常便饭，智子也毫不介意。

"去东北了？"波香看着散落在墙角的各种土特产问道。沙都子点头附和，她看到了一块印有"小岩井农场"字样的干酪。

"嗯，本来还想去北海道的。正好路上又很走运，碰到几个N大的男生搭讪，他们开着宝马，相当嚣张，说要去北海道，我简直高兴得泪眼汪汪。谁知美世子这家伙说她还有补考，不能多玩几天……"

"刑警问你什么了？"波香打断了智子眉飞色舞的长篇大论。

智子略带不满地噘起了下嘴唇。"祥子学姐不是死了吗，问的就是那天晚上的事。刚才我回来的时候听到这事还真吓了一跳。那老太婆要我联系警察，打了个电话他就来了。那位老兄还真够正经的。"

智子语气轻松。她说的老太婆应该是指管理员，至于把年长的男性称为"老兄"，倒是让沙都子有些怀旧。一两年前，她和波香也是这样的。

"东北的报纸上没有登这件事吗？"

"不知道，我不看报纸。"智子似乎对此引以为豪，露出一丝笑意。

"哦，那天晚上你注意到了什么吗？"

"倒也没什么。"智子说道。见波香抽出了香烟，便把一个空果汁罐递给她。"那天晚上，波香学姐你敲了祥子学姐的门吧？事实上，在那之前我也去了一趟祥子学姐那儿。不过里面灯没开，漆黑一片，我在门口喊了几声也没人答应。现在想想，那时候祥子学姐肯定已经自杀了。"或许智子也是个情绪容易波动的人，一直笑着的她说到后面居然有些哽咽,"要是那时多个心眼,说不定还能拉她回来。"

"等等,你说灯已经关了?"

"是啊,我也纳闷时间还那么早怎么就关灯了……"

"没看错吗?门缝里应该漏出一线日光灯的光啊。"沙都子清楚地记得发现祥子时的情景,向智子确认道。

然而智子的回答却更加令人惊讶。

"门缝?这跟门缝没什么关系啊。我当时还打开了门朝里面喊祥子学姐呢。那时候门根本就没有锁啊。"

第二章

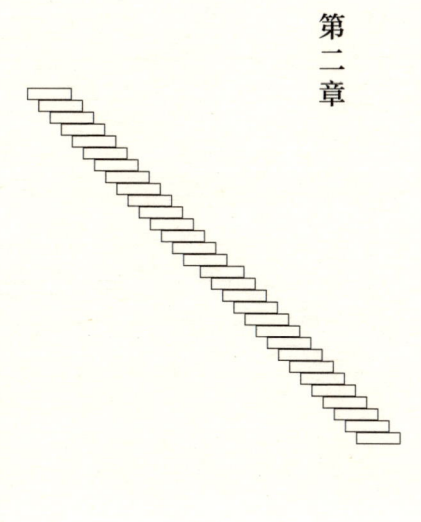

1

T大的理工学院坐落在学校西南角，从正门看去，它在最里面的位置。校内文学院、社会学院和经济学院的校舍都有不同程度的翻修，而理工学院的建筑却一直保持着始建时的样子。它的前身是市立理工专科学校，比T大的历史还要久远。学院的建筑也不跟着时代随波逐流，清一色的木造和砖瓦结构校舍排成一排，就像是在炫耀它古老的传统，彰显自己的与众不同。

理工学院按大类分为理学系和工学系，全体学生有八成在工学系。工学系里又分电子电气工程系、机械工程系、金属工程系、化学工程系等等，各个系都有专属的研究室。

祥子死后的第四天是个星期六。这天，穿着一身洛杉矶道奇队运动服的加贺恭一郎走进了金属工程系的专属楼。他是社会学院的学生，大学以来还是第一次来这个地方，所以走在楼里简直跟个初到海外的人一样，处处好奇。"为什么这个走廊这么昏暗？"加贺边自言自语边向前走。

他停在了一扇贴有"金属材料研究室"字样牌子的门前。就是这儿，没错。

研究室门上挂着一块指示板，上面标明了研究室学生的去向。所有学生的名字都写在上面，旁边则贴着写有"在实验室""在食堂"之类字样的磁铁牌子。藤堂的名字是从上数第三个，后面贴着"在此"。

加贺犹豫了一下，还是敲了敲门，却没有人答应。藤堂曾经告诉过他，里面没人答应也可以开门进去，于是他打开了门。

一进门，不知道是不是有意为之，衣帽柜和其他各种橱柜拦在前面，遮住了里面的情况。

"藤堂在吗？"加贺小心地问道，绕到了衣帽柜后面。

眼前摆着四张桌子，分成两组相对靠在一起。桌子旁一个人也没有，加贺心想难怪这里这么安静，只是房间里不知何处传来流水声。

"藤堂，不在吗？"

加贺意识到这样问下去有些不对，但还是稍微提高嗓门又问了起来，这时隔壁终于传来了人声。"来了！"但并不是藤堂的声音。

与隔壁房间相连的门打开了，走出一个戴黑框眼镜的矮个男生。加贺不认识他，但确知他是个学生。一件似乎已经好几年没洗过的白大褂——大致还能看出是件白衣——穿在他身上。

"藤堂正在收拾实验器材，他说马上就弄好了，要你稍微等一会儿。"

"哦，我能坐这儿吗？"加贺指着一张椅子说。

"请便。"那学生说道。

加贺从桌下拉出了椅子，发现脚边有一个小水槽。水槽刚刚能养下几条金鱼，但里面没有金鱼，而是并排摆着两个滑轮，其中一个直径大约八厘米，另一个只有其一半大小，从色泽上来看都像是铝制的。两个滑轮的轴承几乎被摆在了同一高度，用一根弹簧一样的带子连接着。水槽内的水没到了两个滑轮三分之一左右的地方，用弹簧带相连的两个滑轮转动着，产生了流水的声音。

加贺看着水槽，发现了一个很不可思议的地方：滑轮确实是在轻快地转动，可根本找不着驱使它们旋转的马达一类的动力装置，也没看到发条或者橡皮筋之类的东西。加贺问黑框眼镜男生，对方倒是很乐意回答，说："秘密就在水里。"

加贺凑近仔细看了看，才发现水面上微微冒着一层水汽。

"是热水？"

"那就是动力。这个装置是我制作的。"黑框眼镜男生自豪地说。

这时门打开了，藤堂走了出来。"久等了。"他淡淡地说了句，似乎连表情怎么变换都忘了，脸色如大雨来临前的天色般阴沉沉的。

黑框眼镜男生接替藤堂进了房间。加贺指着水槽说："这个还真有点意思。"藤堂只顾收拾着桌子，眼也不抬，说："无聊的东西。"

藤堂把自动铅笔放进抽屉，这时，一个高级打火机露了出来。加贺心想，藤堂不抽烟，怎么会有打火机？

走到门口，藤堂把去向指示板上的牌子换成"回家"，同加贺并肩离开了研究室。走在木制的走廊上，两人错落的脚步声回响在寂静的大楼里。

"叫大家出来的人，"两人一言不发地走出了金属工程系的大楼，接着藤堂开了口，"是沙都子吧？"

"对。"加贺回答，"刚才在食堂时沙都子提议的，她只说要讲讲祥子的事。"

"果然没错。"藤堂好像有些刻意,以一种满不在乎的口气说道。

"我想跟大家谈谈祥子的事。"沙都子连招呼都没打,见了加贺就开门见山地说。

加贺正吃着猪排盖浇饭,闻言停下手问道:"找到自杀原因了?"

"不是。"沙都子一脸忧郁地摇摇头,"但事关重大,这里不方便说。"

"跟我的告白一样让人震惊?"加贺故意一脸正经地问道。

沙都子的黑眼珠动也不动。"比这还要惊人。"她提议大家集合,于是加贺趁着中午去通知了藤堂和若生,说下午四点去找他们。

"沙都子可担心你的状况了,还问我,你是不是好点了。"

"她可是个好女孩。"

"是好女孩,祥子也是个好女孩。"

"沙都子也成了个美女,不愧是你看上的人。"

"我只是单相思。"

"单相思也有它的好处嘛。"

加贺心想,你这是在吐露心声吗?

两人绕过操场,另一头是四面围着铁丝网的网球场。他们走到那儿的时候,网球社的训练刚刚开始。

在离两人最近的场地一角,有一张能坐四人的长椅,若生伸展开身体躺在上面,用一块毛巾盖住了脸。加贺和藤堂走到近前,隔着铁丝网叫他。"怎么了,T大的麦肯罗[1]?"

---

[1]美国著名网球运动员,20世纪80年代单、双打都曾排名世界首位。

听到加贺的声音，若生腾地坐了起来，看着他们两人说："啊，时间已经到了吗？"看来他刚才睡着了。

"华江呢？"加贺搜寻着同在网球社的华江。

"先走了，还好地点就在摇头小丑。"

"好，你也快收拾好走吧，我们等着你。"

"不行，我还有点事要办，晚点再去。"

"哦……那可别让大家久等啊。"

"真不好意思。"

"没关系。"

两人离开了网球场。加贺纳闷，若生和华江平时总是出双入对，分开行动可真是少见。

走出大门时，传来了汽车鸣笛声，两人停住脚步，只见一辆红得刺眼的雪铁龙从右边驶来，停在他们面前。

这车真难看，加贺看着扁平的车身暗自想道。

自动车窗招摇地落了下来，露出一个戴着墨镜的年轻女子的面孔。

"走吧，加贺君。"女子故意强调了那个"君"字。

"是你啊。"加贺冷冷地回答。

"上来呀。"那女子用下巴示意右边的副驾驶座。

"不好意思，今天去不成了，我有点急事。"

"不行！是我先跟你说好的。"

"我会去向教练道歉。"

"不行！"

女子把头缩了进去，车窗随即关上了，她把脸转向正前方，握住方向盘。加贺夸张地耸了耸肩,叹了口气。

"谁啊?"藤堂觉得莫名其妙,眉毛挑了起来。

"你不认识,"加贺小声说,"她就是三岛亮子。"

藤堂本想问些什么,却被加贺伸出右手拦下了。"你帮我转告沙都子,说我忽然有事去不成了,还有,这个女人你千万向她保密。"

"你去哪儿?"

"下次有机会跟你说。"加贺绕到雪铁龙右边,打开厚重的车门坐了进去。车里的后视镜映着藤堂,只见他在原地愣了一会儿,然后慢慢走开了。

三岛亮子缓缓发动了雪铁龙。"你朋友?"她用中指把太阳镜往上推了推,问道。

"他跟我高中时都是剑道社的,是主将,姓藤堂。"

"我好像见过他。"她点点头,转动方向盘。

祥子出事的三天前,三岛亮子对加贺说警察局的剑道场可以让她练习,问他要不要一块儿去。因为在各种比赛中经常见面,加贺和亮子很早就认识了。

"为什么非去那儿不可?"加贺当时这样问道。

亮子咪咪地笑着,一句话切中要害:"在那儿不怕没有对手,但在学校里面可没有什么值得一提的对手哦。"这并没有引起加贺的兴趣,而亮子接下来的一番话却彻底说动了他,"还能向前几届的全国冠军学习呢。"全国大赛临近,加贺正因还没有进行过一次称得上满意的训练而发愁。

那位前几届的全国冠军每周只去一次,因此加贺也只在那一天陪三岛去警察局,今天正是这样一个日子。

"金井打那以后怎么样了?"等红绿灯的时候,亮子若无其事地问道。

明明很在意,却故意装成这个样子!加贺一面在心中暗骂一面说道:"在休养呢。"随后又问,"你很关心她?"

亮子嘴边浮出一丝笑意。"也没别的,客气一下,我对手下败将没有兴趣。"

"手下败将?"

"赢的人可是我哦!"

"偶然罢了。"加贺看着亮子的侧脸,思考着她会如何反击,但亮子什么也没说。这时绿灯亮了,亮子猛然发动了车,轮胎发出悲鸣。

供职于县警本部交通科的秋川义孝是剑道四段,身为警察却一脸平和,身形也不算高大。身高一米八的加贺第一次和秋川切磋技艺时,本以为能凭借臂展优势取胜,因为他的臂展比秋川的长了五厘米。但对战时才发现,对方的手臂虽然较短,却能够自如地伸缩。加贺本以为秋川够不到自己,然而秋川的竹剑却在最后一刻陡然伸长,完美地刺到了自己身上。加贺使出猛刺的招式,本以为能够击中秋川,却都在毫厘之间被他轻易地躲过了。对方出招很少,加贺的攻击次数是他的三倍,但基本上招招落空。加贺只能一面追着秋川,一面咒骂自己动作太迟钝了。

"不,你的攻击很凌厉。"切磋完毕,秋川在剑道场一边坐了下来,取下面罩说,"单讲进攻,我看你有日本最顶尖的水平。"

"问题出在防守上吗?"加贺压抑着慌乱的喘息,问道。

"并非如此。你缺乏的是一种放松的能力。你要知道,集中精力只要一瞬间就足够了。一味莽撞地全力进攻并不能给对手造成很大压力,反而给了对手空隙。"

"放松的能力……"

"一个人不管怎么努力,能够集中精力的时间也超不过几分钟。就算你觉得精力是集中的,其实也只是在集中和放松两种状态中短时间反复循环。持续地集中精力,涣散必然随之而来。一到那个时候,不管是进攻还是防守,势必会出现纰漏。因此,你需要的并不是长时间地集中精力,而是要让自己处在一种随时都能集中精力的准备状态之中。这就是所谓的放松的能力。"

"真难啊!"

"像你这样有实力的人,一些小小的技巧层面的建议没多大用。我希望你能把它作为剑道的永恒课题。当然,我也会一直这么做。"

"我会努力的。"加贺摘下面罩,向秋川鞠躬致意。

场内,三岛亮子正跟县警本部的女剑手练习着。秋川告诉加贺,那名女警两年前在全县比赛中获胜。

"三岛和您认识?"加贺问道。

秋川摇摇头。"她父亲是三岛集团中的一大派阀,不仅有权力,还掌握着各种人脉关系,在县警本部部长面前也吃得开。就因为这样,我才被叫了过来。"

秋川道出了三岛集团的名字。从汽车到家电再到办公自动化设备,三岛集团几乎涉足了所有能称为"机械"的领域。加贺也听别人说过,亮子的父亲在三岛集团身居要职。只是加贺对这种事情毫无兴趣。

亮子的动作跟以前一样,攻击的根基主要还是步法。"以前我便关注过她的剑术风格……"秋川看着她的动作,低声地说,"但总觉得是遇到了瓶颈,已经很久没见再有突破了。"

"但她得了全县学生比赛的冠军。"

"是得了,不过我更喜欢你们学校金井波香的打法。虽说还没成大气候,但我觉得她很有潜力。"

"她听了一定会很高兴。"

"请转告她,我说的不是奉承话。在之前那次大赛上,我还以为金井能赢的。"

"很可惜啊。"

"可惜了。"

"您觉得为什么会是那种结果呢?"

秋川抱着双臂,沉吟道:"一是因为三岛的战术奏效了,二是……偶然罢了。"

这时,三岛亮子猛然一招击向对手的面部,对手架住她的攻击,竹剑发出了断裂的声音。

2

和从这儿离开时一样,雪铁龙安静地停在了T大门口。加贺手中拿着道奇队的运动服外套,从右侧下了车。

"下次一起吃饭。"车窗里传来了亮子的声音。

加贺朝着车内的人影说:"比起高级餐馆,我更喜欢大众餐厅。"

"还好你现在说了。"

雪铁龙飞驰而去,排出的尾气猛烈地吹向加贺的裤脚,那气味夹杂着灰尘让加贺忍不住皱紧眉头。

加贺披上外套,朝车站的反方向走去。沿着学校围墙走一百米左右,马路对面可以看到一片小树林,仔细看还能发现一座朱漆剥落的鸟居①。

再往前走,便到了一处矮房子聚集区。这些聚落就像是闹市大杂院的缩水版。加贺每次来这里,都会想起小时候玩的"大富翁"游戏。在游戏中,每个人都要在各自买下的土地上建房子,充当房子的是小指大小的袖珍模型。

加贺朝第二幢房子走去。这是一幢由形制相同的四间屋子并排组成的建筑。加贺敲响了最左边那间屋子的门。"若生勇"三个字用油性笔规规矩矩地写在门的右上方。

没人应声,门锁便直接打开了。若生勇一见到加贺便说:"加贺你这小子……沙都子发火了,说你是怎么回事,让你去约人,自己却不来了。"

"我就猜她会这么说,这不来了。我进屋喽。"加贺反手关上门,在三分之一叠大小的玄关里脱了球鞋。

若生的房间总是收拾得很干净,四叠半大小的地方,大到桌子、冰箱、衣柜,小到再零碎不过的东西都摆得整整齐齐。深绿色地毯上没有一丝面包屑,单身汉房间里特有的臭火腿味在这儿也闻不着。

加贺在地毯上盘腿坐下,大致环视了一下房间,说:"华江时不时地会来这儿吧。"

据加贺所知,若生没有特别严重的洁癖,而且这样的布置也绝

---

① 类似中国牌坊的日式建筑,常设于通向神社的大道上或神社周围木栅栏处,代表神社入口。

不是一个男生能做到的。

若生在椅子上坐下,似乎有些难以启齿地说:"算是吧……呵呵。"

"你可要好好珍惜她,她一定会是贤妻良母。"

"说起这个,前些日子我去见过她父母。正好那时候祥子出事了,就没跟大家说。"

"哦?"加贺抬头望着若生,"都快成了啊,结果如何?"

"说是两三年以后再说这事,不过他们对我的印象好像还挺好的。他们说我们太年轻了,可既然喜欢上了也没办法……大概就是这种感觉。"若生说着害羞起来,抚摸着下巴,"不过,我已经把工作找好了,这点起的作用最大吧。"

"不至于吧。"

"她爸在银行工作,对各家公司的情况一清二楚。要是我去了家没名气的公司,他肯定不会给我什么好脸色。"

"那你的压力很大啊。"

"也不能这么说。"若生停顿了一下,"对了,现在可不是说这个的时候。"他从桌上拿起一个黑色活页本,"该说说沙都子说的事了,这才是正题。"他把活页本摊开放到加贺面前,上面有一个四方形的手绘图案,看样子是今天听沙都子说话时匆匆画下的。"知道这画的是什么吗?"若生问道。

加贺只扫了一眼。"以今天你们要谈的东西来看,这是白鹭庄吧?"

若生点点头。"沙都子今天说的全在这幅简图上,还是从头说吧。首先,藤堂在出事当晚十点过后给祥子打过电话,那时祥子的房间已经上了锁,叫也没人应。由此可以推测,当时祥子已经自杀了。

嗯……这个就说到这儿。在这之后十一点左右,波香回到公寓,敲了祥子的门。到此为止你都知道吧?"

"嗯。"

"那个时候波香还转了门把手,但是转不动,也就是说门已经上锁了。"

"是。"

"第二天沙都子去的时候门还是锁着的。她向管理员要了万能钥匙,进去之后发现祥子已经死了。"

"这我也知道。"

"嗯,这些是我们都知道的,问题就在下面一桩事上。事实上,那天晚上找过祥子的不光只有波香。在波香回来之前,祥子隔壁的一个大三女生也去找了她。据那个女生说,她去那儿的时候,房门根本就没锁,她还打开了。还有,她去的时候房间里没开灯,一片漆黑。而我们先前知道的是,祥子的尸体被发现时,房间里的日光灯开着。"

"……"

"大吃一惊吧?"

"等等!"加贺从抱紧的双臂中抽出左手,按了按眼角。这是他思考问题时经常会做的动作。"那么,事情可能是这样,"加贺松开左手,睁开眼看着若生,"那个女生去的时候,祥子还没自杀,或者说是准备自杀,而波香去的时候,祥子已经自杀了。"

"那个女生和波香敲门的时间间隔不过十五分钟,都是在管理员确认祥子的房门已经上锁之后。人已经自杀了,房门的锁怎么还一会儿开一会儿关呢?而且灯也是一会儿灭一会儿亮。"

"呼……"加贺重重地吐了一口气,抬眼看了看若生房里的日光灯。它由两根螺旋状的灯管组成,灯头已经发黑。

"所以……你想说的是,"加贺沉重地说,"祥子不是自杀,而是被谋杀了……"

"沙都子是这么认为的。"

"祥子她……"加贺脑中浮现出祥子无忧无虑的笑颜,但不知为何,并不是祥子最近的容颜,而是高中时代那张浑圆的脸。

"加贺,你这样真好,什么烦恼的事都没有。"他忽然想起那时候祥子对他说过的一句话。直到读中学前,她一直住在大阪,说话带着圆润的关西腔。

"别开玩笑了,我也有迷茫的时候。"当时加贺这样回答。

她一脸沉思地摇摇头。"可是你还有剑道啊,我却一无所有,我都不知道究竟是为了什么上大学。"她带着几分特有的文静气叹了一口气。

确实如此,祥子总是被各种事困扰着。平时大家一块儿到了咖啡厅,祥子总是迟迟决定不了点什么好。加贺记得,沙都子和波香曾把她称为"迷途少女"。她这种犹豫困惑一直持续到大学,当初报考T大也是因为抵不住身边女性朋友的力邀。但就是这个笑着说"自己是个什么也决定不了的幼稚女生"的祥子,深受大家的喜爱,她是藤堂的女友,也是大家的偶像。

这样的祥子却被人杀了。

"对于凶手是谁有什么头绪吗?"加贺本想压低嗓音,但音量还是抬高了一点。从出生到现在,他还从未接触过"杀人"这个词,现在却不得不去面对它。即便冷静如加贺,也感到有些不知所措。

"不可能有啊。所以沙都子才把大家叫到一起,打算从大家身上找找线索。"

"要揽侦探的活儿啊。她还真是好强。"

"她可是拼了。而且虽然她嘴上没说,看得出来心里还是很依赖你。"

"是吗……"

"无论如何,被杀的可是我们的好友啊。这件事我一定会全力相助的。"

加贺闭上了眼睛,眼睑下浮现出在摇头小丑的一角,沙都子冷静地对大家说话的样子。无论是多么刺激的话题,她都能很冷静地说出来,这是她高中就练就的本事。

"那……现在,说到底还是没什么线索?"

"用沙都子的话来说,就是'完全没有'。"

"藤堂的状态如何?"

"他一直就是那副失魂落魄的样子,现在也没什么起伏。他说,不管是自杀还是他杀,都一样没有头绪。"

"真是个书呆子,什么都不知道。"

"所以,我们就从那天晚上到底发生了什么开始,试着往下推理。按照沙都子的推理,管理员去敲门时,祥子已经被杀了,而那时凶手也在房间里。"

"大三女生来的时候门锁开着,这要怎么解释?"

"出于某种原因,凶手需要把锁打开。比如那时凶手正要逃跑,却听到了那个女生叫祥子,于是又慌忙躲了起来。对凶手来说那是最提心吊胆的时候了。女生走后,凶手观察了一下周围的情况,确定不会被人发现,便逃走了。波香去敲门是在凶手溜走之后。这些是沙都子的推测。"

"或许是这样吧。"加贺边听边点头,伸手拿起了放在眼前的活页本,"所以,问题核心就在这张图上?"(图1、图2)

若生歪了歪头说:"对,要解开这些谜团,这张图是关键。"

若生拿起一支摘下了笔帽、露出橡皮的自动铅笔,开始说明。

"我也没去过白鹭庄,对那里并不了解,但今天听沙都子讲了,知道了大概的轮廓,暂且先这样说一下吧。细节你去问沙都子就行。"

"好。"加贺盯着若生的手答道。

"首先,这是白鹭庄的入口,进门左手边有个值班室,里面有个肥胖的中年妇女,经常坐在那里看电视或看杂志,进出这个公寓的人都必须经过她的严格检查。值班室的正前方是楼梯,经过值班室就会看到走廊。走廊两侧各有四个房间,加起来八个,其中有一间是和值班室连着的。上楼是二层,和一层一样也有一条走廊和八个房间。祥子就住二楼右侧从里数第二间。波香住祥子对门,而刚才提到的那个三年级女生住祥子左边隔壁,也就是最里面那间。"

若生在图上逐个加上了"值班室""祥子""波香"的字样。或许是太过用力了,自动铅笔的笔芯断了好几回。

"最里面还有一处楼梯,和楼下的走廊相连,下了楼梯就是后门,这扇门平时锁着,但是从内侧谁都能轻易打开。旁边是一间储藏室,如果没有钥匙是进不去的。这儿和这儿都是厕所,当然,是女厕所。大概的情况就是如此。"若生看着加贺的脸,似乎是在观察他的反应。

加贺目光落在了图纸上,过了一会儿才开口。"总而言之,"他

图 1 白鹭庄一层

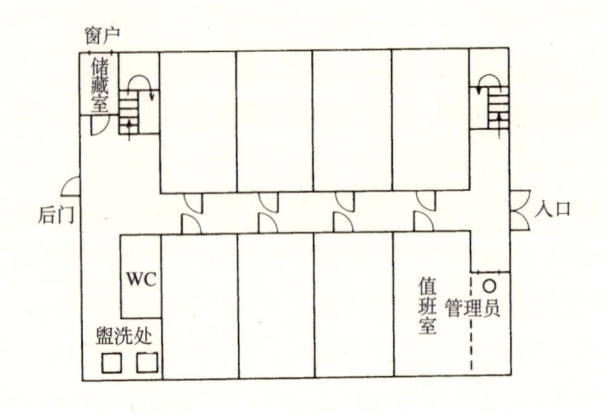

图 2 白鹭庄二层

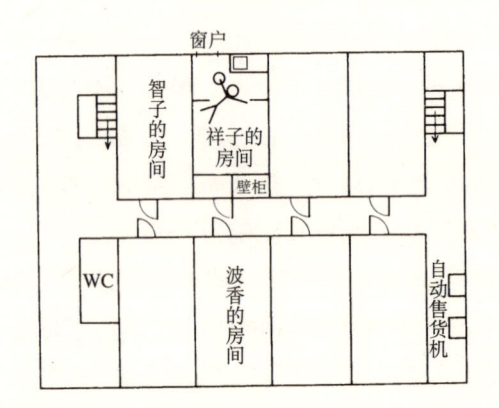

严肃地说,"不管是谁杀了祥子,都不可能从这里逃脱,是吧?"

"以现在掌握的情况来看,确实如此。"

加贺食指指着图上标着"祥子"的那个房间说:"第一个谜团是如何出入祥子的房间。凶手是怎么进去的,又是怎么出来的?"

"出去应该没有问题。"若生轻轻摇着拿铅笔的手,"白鹭庄里房间的锁都是半自动式的,在内侧按下把手中间的按钮,之后关门时,门就会锁上。"

"这样凶手只要进了房间就行了。进房间也一定没有什么大问题,只要祥子为凶手打开门就行了。"

"果然你也觉得凶手跟祥子认识,沙都子也这么认为。"

"如果凶手是强行闯入的,祥子至少会尖叫一声吧。所以可能是她的熟人,趁机让她喝下了安眠药之类的东西……"

但是……加贺陷入了沉思,虽说这样能够轻易地推理下去,到下一步就要碰壁了。"问题在于第二个谜团。"加贺低吟道。

若生也是一脸阴沉。"凶手是怎么进入公寓楼的,然后又是怎么出来的。这才是难解的地方。"

"从正门进去的……不行吧?"

"那儿的管理员可是出了名的严格,这你也知道。沙都子问了管理员,那天晚上除了房客,确实没有别人从正门进入。"

"发现祥子尸体时,公寓后门的确锁着吗?"

"锁着的,有很多人做证。"

"后门的钥匙是由管理员保管吗?"

"对,要是里面的房客有钥匙,准保都会从后门进出。"

"嗯。"加贺的目光再次落到那张图上,他又像刚进门时那样抱起双臂，用小而清晰的声音说，"只有一个简单的推论。"

若生看着加贺的眼睛。"你的意思是，如果凶手就是里面的房客，就不存在问题了？"

"这当然有可能。就算凶手是从外面来的，只要公寓内有共犯，实施犯罪便很容易。凶手从后门逃出去，共犯再为其锁上后门就行了。但如果这个外来的凶手没有共犯，那就可能是……"

"是什么？"

"密室杀人。"加贺沉思着吐出这句话。

若生慢慢点着头说："以现在这个情形来看，也只能这样认为了。"

3

第二周星期一的第二节课停课，加贺去了剑道场。像他这样的四年级学生五月就已退出社团了，因此现在的活动都是以三年级学生为主。T大剑道社因为加贺和波香等人的活跃表现，最近在剑道界崭露头角，无论什么时候走到社团活动场，都能听见一片精力饱满的呐喊声，充满活力。加贺到的时候，已经有五男二女七个队员开始训练了。六个人正在练习，另一个则坐在一旁休息。看到加贺来了，休息的那人大声向他打了个招呼，起身走近。此人姓森田，是三年级学生，剑道社主将。"真早啊，学长。"森田挠着小平头说。

"看样子大家都挺有干劲嘛！"

"干劲总算是有了，可是没有实力也不行。"

"我们可不是假把式。"

"啊，我失言了。"

加贺脱了鞋，大步走进社团活动室，森田挠着头跟在后面。一在比自己年长的人面前就挠头，这是森田的老毛病了。"有其他大四的人来吗？"

"最近很少……"

"哦。"加贺想，大家都被毕业牵着忙不过来，自己是因为有比赛才另当别论，其他人即使稍有时间也不太可能来练剑道。

在活动室换过衣服，加贺跟森田对练了一下。他还记得前天秋川说的"放松的能力"，有意识地按这个方法试了试，却很难掌握要领，抓不住感觉。加贺在面罩后几度咂舌：这里面的道理太难领悟了。

出过一身汗后，两人取下面罩休息，两个二年级的女队员马上送来运动饮料。加贺向她们问道："女生那边大四的也不常来了吗？"

其中一个叫滨岛直美的想了一会儿，点点头说："嗯，大家都很忙，只有金井学姐还会来。"

"波香？就算她会来，县里的锦标赛之后也就不再来了吧。"

"是的……呃，那次比赛结束后我还在这儿见过她两三次，不过她来了也没练剑。"

"锦标赛过去一周后，"另一个名叫须藤千枝子的矮个子队员仰视着直美说道，"她不是问过我们一个奇怪的问题吗？"

"奇怪的问题？"加贺低头看着千枝子问道。

"就是履历表的事……"

"啊，那个啊！"直美嘭地敲了一下饮料罐，"她问我们有没有队员履历表之类的东西。"

"波香问这个？"

"嗯。但是我们都没见过那东西，也不记得入社的时候让填过。我就这样照实对学姐说了。她笑了笑说'说来还真是这样'。"

这是理所当然的，可她究竟想干什么？加贺思忖着，回想起波香那带着阴霾的眼神。"然后波香就走了吗？"

千枝子摇了摇头。"我们说没有履历表，她就向我们要了份社团的花名册，后来……很快就还回来了。我问她还要不要用，她说已经找地方复印了一份。"

"社团花名册？"

那份花名册登记着从第一批至今所有队员的名字、住址、电话号码、出生地和毕业高中的信息。加贺和波香等人是第十九批队员。可时至今日，波香为什么还要用那份花名册？加贺一点头绪也没有。

"她该不是拿去编通讯录了吧？"千枝子笑着说。大二学生应该将近二十岁了，千枝子的笑容却像个高二学生一样洋溢着孩子气。

"可能吧。"加贺搪塞了一句，从她们面前走开了。他想起波香从高中到现在从没给自己寄过信或贺卡之类的东西。

回去洗了个澡换了身衣服，加贺动身去了社会学院社会系的研究室。社会学院所在地和理工学院不同，是一座五层钢筋混凝土建筑。大楼墙上既没有难看的斑块也没有裂缝，装饰着许多玻璃，造型充满现代感，一眼看去像座写字楼。

这里也是 T 大里唯一使用电梯的地方。加贺进入大楼的时候，三个学生正站在电梯前等待。加贺从他们旁边穿过，一步两阶地跑上了一旁的楼梯。他实在不喜欢运转迟钝、反应缓慢的电梯。

一打开研究室的门，里面充满迷雾。原来是各种牌子的香烟产生的烟雾在房间里交错混杂，达到了饱和的状态。烟雾的中心是个一心想做广告文案撰稿人的女生,她的长发毫无光泽,也没化妆,架着一副镜框浑圆的眼镜。她总是吐出"表现力""同一性"之类让加贺摸不着头脑的词。

三个男生围着她坐在一起。对这些热衷各种小道消息的人,加贺向来敬而远之。他们好像也瞧不起"落伍者",从不主动接近加贺。

加贺推门进来的时候,他们当即停止了谈话,朝他看了看,马上又什么也没发生似的回到了自己的世界。女生的说话声和几个男生歇斯底里的反驳或赞同声直冲加贺的耳根。加贺极力无视这些,走到自己的位子上。

毕业论文已经完成三分之一了。加贺打算将武士道、茶道和花道融合进社会心理学,写出一篇论文来。当他将这个打算告诉沙都子时,沙都子笑道:"这可真像出三题相声。"加贺问她三题相声是什么,沙都子解释,就是观众出三个话题,由演员即兴编出的一段小相声。"果真贴切。"对着论文发愁的加贺苦笑道。

他刚写了两行,门又被打开了。几个人热烈的讨论声像是被按了开关似的戛然而止。看到是助教丸山走了进来,他们又肆无忌惮地口沫横飞起来。

丸山是个刚毕业的研究生,年龄和加贺等人相差不多,看上去还更年轻。平日里谁也不知道他在干些什么。有传言说他专给教授拍马屁,加贺觉得事实没准就是这样。

丸山一语不发地走到加贺桌旁,忽然说了句"警察来了",声音比平时高出许多,连一直说话的那几个学生也看了过来。丸山慌慌张张地推了一下那副大得和脸不成比例的眼镜。"警察局来了人,说是要见你……"

终于来了！加贺轻轻咬着牙。"在什么地方？"

"刚、刚才打电话过来，说是在学校大门口的警卫室……"

"大门是吧？"加贺说着站起身，拿着运动服快步走出研究室。他开门的时候，身后传来讨论的声音。"听说英文系有个女生……"这帮人不光对信息化社会热心，对这些庸俗的传闻也是饶有兴味。加贺回头瞪了一眼，那些懦弱的学生立刻把头缩了回去，闭上了嘴。

从社会学院到大门有两百米左右，加贺拿着衣服一路小跑，不到两分钟就来到了警卫室。里面的刑警刚点了一支烟，见他进来，慌忙将还有好长一段的香烟扔进了旁边的烟灰缸。

这个一身灰色西装的刑警姓佐山，加贺猜应该就是沙都子说的那个家伙。"我想找个地方跟你慢慢谈。"佐山环顾了一下四周说。加贺猜他是想找个安静的地方说话。

"我倒是有个好去处。"加贺说完，佐山露齿一笑。加贺看着他，想起了沙都子常说的他那"很干净的笑容"。

"摇头小丑，对吗？"

"您知道？"

"刚才我和若生已经在那儿见过一面了。"

"原来如此。"

"在你们的地盘打听消息，不是上策啊。"

"还有别人在？"

"还有两位美女，一直想从我这里获取情报。"

"她们成功了吗？"

"她们用各种问题向我发起猛攻……总之不要去那家店了，省点时间，顺便吃顿饭怎样？"

"好啊。"两人意见取得一致,走出了警卫室。

他们最终选择了T大前站旁一家名叫"北京屋"的中餐馆。餐馆橱窗里的饭菜模型已经积满了灰尘,里面却顾客众多。两人找了最里面的一张空桌,面对面坐了下来。

"油炸仔鸡套餐。"加贺向端水过来的女店员说道。佐山对她说:"我也来一份吧。"

加贺喝了口水,佐山等着他把玻璃杯放下,慢腾腾地掏了掏西服内兜。加贺以为他是拿记事本,没想到拿出的是一包七星牌香烟,烟盒已经在路上被压得皱皱巴巴,从里面抽出的烟也是弯弯曲曲的。

"你和若生高中就认识吧?"佐山叼着那支折弯了的香烟,说话时烟也跟着一上一下,"那时候你是剑道选手,他是网球选手,你们一块儿参加了全国高中运动会,对吧?"

"也只是参加了而已。"

若生连这个都对他说了,加贺想,脑中浮现出若生那张温和的脸。他面对陌生人的提问不怀有任何戒备,这也算是个优点。

"藤堂也是一样吧。"佐山换了种语气说。

这时加贺已经明白他接下去要说什么了,抢先说:"祥子也是。"

佐山的表情瞬间僵住了,只有两颗黑眼珠在不安地转着,过了一会儿嘴角才慢慢放松下来。"很好。牧村祥子的案件,我们有必要重新调查一下。"

"重新调查……也就是说不能简单定性为自杀?"

"看样子你们之间也有各种臆测。但现在我们警方也无法断言什么,像是隔靴搔痒,确实让人有些焦躁……"

"请切入正题吧。"加贺又拿起杯子喝了口水。

"你都知道的那些我就不讲了,没关系吧?首先,第一个问题,牧村小姐死的那晚,也就是十月二十二日晚上八点以后,你在什么地方干什么?"

"这么快就问我的不在场证明吗?"

"是你让我切入正题的。"佐山若无其事地说。

"那个星期二嘛,我在剑道社训练,应该练到了九点左右,练完就马上回家了。这个您向我们哪个队员证实都行。有一个学弟跟我回家同路,就一起走了,他在中途下的车,您不妨问他。"加贺说出了学弟的名字,佐山取出记事本,大致记了一下。

套餐送了过来。由于顾客群主要是学生,饭菜的分量非常足,佐山瞬间瞪大了眼睛,但立刻又把视线移向加贺。"牧村小姐是怎样一个女孩?"

"是个好女孩。我可以先吃吗?"

"请吧。这个好女孩好到什么程度?"

"好到绝不会有人要谋杀她。"加贺张口咬下一块小孩拳头大小的鸡肉。听到"谋杀"二字,佐山丝毫未变脸色。

"这么好的一个女孩,一定很有人缘吧。"

"是啊。"这是事实,加贺认为没有必要隐瞒。

"她的男朋友只有藤堂一个?"

"您觉得她是因为男人争风吃醋而被杀的吗?对不起,就我们所知,根本不存在这样一个第三者。"

"就没有听到一丁点传言吗?"

"我不怎么关心这种事。"

"她和藤堂的关系怎么样？到她死前相处得还好吗？"

"这个，我一个旁人无从知晓。"

佐山吐出一口烟，看着加贺一块接一块地吃着，却无心动筷。"当初认为是自杀的时候，谁都提供不出她自杀的线索。就算现在认定是他杀，情况也还是一样吗？"

加贺握着筷子的手停下了。"他杀？还没有认定是他杀吧？"

"你觉得呢？你觉得是他杀吗？"

"我听说了那件事，祥子隔壁那个女生说的事。"

"怎么样？"

"也不好说。沙都子她们在竭力找线索，但人的记忆力并不可靠，或许只是被她们胡乱附会成推理游戏的素材罢了。"

"你还真冷淡啊。"

"是吗？"

"鉴于以后少不了靠你们全力相助，我就给你们透露一条信息吧。"说完，佐山终于伸手拿起一次性筷子掰开。筷子发出了清脆的响声。"我们发现，牧村小姐手腕下的那个盥洗池边，有血迹被抹掉的痕迹。本以为是她自己抹掉的，但细想却很奇怪，一个一心要自杀的人，难道还会在乎自己溅出来的血吗？"

4

下午第三节课后，加贺如约赶赴摇头小丑。弓着身子钻过矮门，只见沙都子和华江已经坐在吧台边上，店老板正走近她们说着什么。

见加贺进来，老板朝他轻轻点头。

"你们从早上一直坐到现在？"加贺说着坐到沙都子旁边。

"刚来。若生告诉你我们早上来过吧，你见过他了？"华江说。

加贺摇摇头。"我只是跟一个刑警碰了面。老板，来杯可可。"

"都说了些什么？"沙都子有些担心地问。

"他一直在发牢骚，说是什么进展也没有。"

"我们才一无所获呢，算是扯平了。"

"没必要跟刑警争什么高下，协助他们也是告慰祥子。对了，我还从刑警那儿得到一个消息。"加贺说出擦拭血迹一事。沙都子听着数度点头，说："警察到底是专业。"

"至于凶手是怎么进入白鹭庄的，现在还在调查。"加贺想着佐山的话，喝起了可可，"听他的口气，首先被怀疑的是房客。"

"这个想法比较合逻辑。这么说，他最先怀疑的是——"

"波香。"

"没错，"沙都子皱起了眉头，"他很失礼，盘问了波香的不在场证明。波香那天晚上一直和我在波本喝酒。"

"真没礼貌！也不想想波香为什么要杀祥子。"华江生气了，把杯中的水一饮而尽，嘭的一声把杯子狠狠地放到吧台上。

"警方一定是准备双管齐下，一方面从如何进出白鹭庄等客观层面调查，另一方面从杀人动机等主观层面着手。"

听加贺这么一说，一直默默听着的老板犹豫了一下。"关于杀人动机，他也问过我，"他插嘴道，"去被害人常去的店里展开调查也是警方办案的常规。他问了我祥子死前的状况、跟她来往密切的人之类的问题。当然了，我能说的都跟你们一样。"

"问谁都一样。"加贺喝了一大口可可。

出了酒吧,沙都子说要去白鹭庄看看,加贺和华江便跟她分别,朝学校方向走了。加贺要去剑道社训练,华江则要备战网球比赛,她和若生组成了搭档,目标是入围全国大赛。

"你们的比赛是什么时候来着?"加贺问起了本地预选赛的日程,这回该轮到他为朋友加油了。

"十一月三号和四号,在县立体育场。"

"马上就到了啊。你还是先别操心祥子的事情了。"

"不可能不操心啊。"

"就算你为这事操心,也还是无济于事啊。"

华江两颊微微鼓起,小声地回答:"也是。"

两人来到网球场旁边时,若生早就换上了运动服,正在热身。华江朝加贺挥了挥手,说了声再见便转身走开了。

加贺看了几分钟网球社训练,慢慢地迈开了步子。没走两步,一个男生朝他走来叫住了他。这人跟加贺同在社会学院,此前在网球社担任社长。他一年到头都晒得黝黑,透过网球服的领口能看见浓密的胸毛。

对方劈头就问起加贺剑道的训练情况,而后又说起若生勇和伊泽华江这对搭档状态良好,一定能入围全国大赛。借用武士道的术语,两人在心态、技能、体力三方面已经趋于完美。

"不过最重要的还是双方家长认可了婚事。若生那会儿还很担心工作的事,说这事要是搞砸了就糟了。"这个前网球社社长似乎对若生和华江的事了如指掌。

"我也听若生说过这事,可我不明白他为什么对工作的事这么担心。"加贺说道。

"什么?你不知道吗?"前社长瞪大眼睛说,"若生有个哥哥你知道吧?他在以前的学生运动中是个人物,虽然现在已经金盆洗手做起了买卖,可是因为之前的事,他早已'声名远扬'。公司入职考试的首要目的就是滤掉那些'运动领袖',对吧?有这么一个老哥,对若生来说可是相当不利啊。"

加贺还是头一回听到这种事。从高中认识到现在还从没听若生讲过。会不会是因为自己是他的密友,他不好意思说呢?

"那他这次考进的那家公司,没发觉他哥哥的事?"

"怎么说呢,我们公司的调查机构很强大,不知道不太可能。可能是公司觉得他哥哥的事与他无关,所以就睁一只眼闭一只眼了。"

"这倒挺仁慈的。"

"是家好公司!名字好像是三岛精密机械,我明年也想考进去!"前社长沙沙地挠着毛发茂密的胸口,说自己留过一级。

加贺四点半开始剑道社的训练,参加集体训练的主要是三年级队员,由主将森田带队,加贺等四年级的是退役队员兼教练,这已经成了剑道社的惯例。

因为个人的剑术水平不同,能陪加贺练习的队员大体不出那么几个:主将森田、第二主将筒井和在夏天的个人赛中表现突出的服部,三人都是大三。加贺与这三人打过后,又随便指定了一个一年级队员来陪练。这个队员长得挺高大,却总让人感觉很纤弱。他的臂展很长,施展面部攻击时速度感很强,这让加贺眼睛一亮。

"这个队员是个好苗子。"加贺取下面罩休息时对森田说道。

"你是说斋藤吧？"森田看上去很高兴，眼睛眯成了一条缝。斋藤应该就是那个大一队员了。

"他高中的时候应该练得不错，就是身体还没发育完全，再练一年应该就能上场比赛了。"森田说，"金井学姐也很关照他。"

"波香？"加贺觉得这实在是太稀罕了。波香虽然在女生中实力第一，却对指导后辈很不情愿。她没有被推选为主将，也是因为缺乏协作精神。这样的波香居然对一个大一队员分外关照——而且还是个男生，真是想都想不到的事。

"叫他过来一下吧。"

森田扯开了嗓门叫斋藤。斋藤刚结束跟学长的对练，取下面罩小跑过来，被汗水浸湿的双脚在地板上留下一个接一个的脚印。

森田问斋藤前几日波香对他说了什么。斋藤意识到加贺在一边，一个劲儿地挠着头。"她说我挺有天分的，感觉不错。"

森田很满意地眯眼笑了。"然后呢？"

"她又问我高中在哪儿读的，我说是S高中。"

"哦，S高中？"加贺仔细端详斋藤。说起S高中，那可是剑道名校。

"此外就没说什么了？"森田进一步问道。

斋藤似乎有些不好意思，摇着头思量了一下。"问了个奇怪的问题。"

"问你喜欢哪种类型的女生？"森田开了个无聊的玩笑，没人理会。

"她问前不久的女子个人赛，我有没有去加油。"

"加油？然后呢？"

"我说去了，然后她问比赛的时候我在什么地方，我说在观众席上。她又问我跟谁坐在一起，我说跟同年级的野口。"

"哦……"真是个奇怪的问题,加贺想,简直跟警察讯问嫌疑人的不在场证明一样。真不知道波香究竟在想什么。"那是什么时候的事?"

加贺一问,斋藤显得有些紧张,低下头。"我记得是这个月月初。"

加贺忽然想到,上午几个女生说的花名册一事也发生在那时候。

T大剑道社的惯例是训练完必须去跑步,加贺与一群学弟跑在一起。男生要绕学校外围跑大约三公里,女生则绕学校内圈跑大约两公里。虽然距离不长,但一路上地势起伏,对体力要求很高,再加上穿着剑道裙裤,跑起来更加费劲。

加贺以自己的速度跟在队伍后面,正前方一个学弟正在跑着,加贺的目光停留在那学弟裙裤上绣的名字上。裙裤上用行书绣着"野口"两个字。他应该就是刚才斋藤说起的那个大一队员了。

加贺稍稍加快脚步追上了野口,询问最近波香有没有问过他什么。额头上长着几个粉刺的野口本来就跑得上气不接下气,一看跟自己说话的是加贺恭一郎这样的头面人物,紧张得声音都变了。"啊……有,在不久前。"

"她问了你什么?"

"呃……那个,她问我,先前在女子个人赛上,斋藤他……是不是一直在座位上。"

"那你怎么说的?"

"我说我觉得一直在……不过,准确地说……我也记不太清了。"

"哦,知道了。"

加贺再次加速,不一会儿,野口就被远远地甩在了后面,而将近二十个人的队伍也不到一会儿工夫就被他超了过去。他一直加速向前,森田等人见状,一脸惊讶地摇了摇头。

5

第二天早上,加贺第二次踏进金属工程系的楼去找藤堂。走廊还是那么幽暗又没生气,只是这次加贺没有丝毫迟疑,径直走到了藤堂的研究室门口。还是和上次一样,加贺敲了几下就自己把门打开了,几乎同时,里面传来一声"请进"。

房间里只有藤堂一人,正伏案写着什么。见是加贺进来,他停下了手中的钢笔。"真是少见啊。"

"我上周也来了吧。"

"我是说你事先不打招呼就来这儿很少见。要喝杯咖啡吗?"

藤堂起身走到门旁的水槽边取杯子,加贺则在藤堂座位旁坐下。

"我想你已经听沙都子说过了。"加贺冷不防说道。

藤堂的肩膀瞬间僵住了,继而又继续往杯子里倒速溶咖啡粉。

加贺接着说:"我想听听你的想法。"

"想法……"藤堂背对着加贺往杯里倒热水,香味随着热气一起升腾起来,"我什么都不知道。"

"你就没有什么头绪吗?"

"没有,怎么可能有呢?咖啡冲好了。"藤堂双手各拿一杯咖啡走了回来,把一杯放到加贺跟前,坐到了原先的位子上。加贺说了句"谢谢",伸手拿过杯子。咖啡杯一看就是赠品,总之是便宜货。

藤堂出声地呷了一口咖啡。"我认为,祥子不是被谋杀的。"

加贺正把咖啡杯往嘴边送,闻言停住了。他看着藤堂。"你是说她是自杀的?"

"祥子没理由被谋杀。"

"可是……"还没等加贺说完,门忽然开了,进来一个穿着褐色三件套西装、身材矮小的男人。他头发稀少,年龄在五十岁上下,身高不足的部分似乎被身体的宽度补足了。也许正因如此,他走起路来胸膛挺得很高。在这种体形的男人中,他拥有罕见的神经质眼神。

加贺发现,此人一进来,藤堂的表情立刻僵住了,手中的杯子也不知什么时候放到了桌子上。

矮个男人看见加贺稍微有些吃惊,从头到脚仔细地打量了他一番,随后移开目光,傲慢地问道:"稿子写好了吗,藤堂?"

加贺心想,这个肥胖男人的眼神和声音真是稀奇。

"没有,那个……还差一点。"不知怎么,藤堂回答时竟站了起来。

"哼,学术会议是什么时候开啊?"

"下个月七号。"

"知道就好!"矮个男人环视了房间一眼,目光停在墙上一张明星海报上,他念叨了句"什么玩意儿"便走出了房间,临出去前又看了加贺一眼。

房门打开,又咔嚓一声关上了。藤堂松了一口气。

"这是教授?"加贺问道。

藤堂坐下点了点头。"是松原教授,金属工程系里的重量级人物,被他盯上的学生可没好果子吃。"

"那反过来说,被他看上的学生岂不是很厉害?"

"怎么说呢,"藤堂挠着头说,"要想继续留在大学里,被他看中可是必要条件。我想考进他的研究室,自然不能怠慢。"

"那他现在看中你了吗?"

"没看上的话我处境就不妙了。"

藤堂打算读研究生。他觉得仅有本科水平的知识和学历将来是无法靠技术养活自己的。首先至少要拿到硕士学位,然后看情况再决定该不该继续深造。

"马上就要开学术会议了,他叫我给他写稿子。要是这事办得不错,明年春天或许就会带我去美国参加国际学术研讨会了。"

"很厉害啊!"

"厉害吧?所以必须发奋努力一番。可偏偏遇上了那件事,我怎么也集中不了精力。你看,光是在喝咖啡。"

藤堂喝着咖啡,透过咖啡的蒸气可以看到他淡淡一笑。加贺思忖着,难得见他那双眼睛焦点不定。他究竟在看着哪里呢?自祥子死后,几次看到他一脸悲伤。相比之下,现在的神情更加凄惨。

"教授知道那件事吗?"

"知道,可他说这跟学术没什么关系,那个归那个。"

"那个归那个?"

"是啊。"藤堂心灰意冷地说。

"不愧是个人物,他能成功还真得靠这种个性。对了,刑警来找过你了吧?"

藤堂一副不高兴的样子。"他问了我的不在场证明。"

"他也问我了,你怎么回答的?"

"我说那天晚上我就在这儿。当晚我有个实验,必须整晚都守在机器旁确保它运转。旁边的房间里有一张床,专备这种时候打盹用。"

"挺冷的吧?"

"机器运转起来就不觉得冷了。那天晚上直到十点还有别的学生在实验室,我就在隔壁打了个电话找祥子,回到这儿后就只剩我一个人了。不巧,这样恰恰没人证明我当时不在案发现场。佐山——那个刑警是姓这个吧,说不定十分怀疑我呢。"

"不是还能证明你十点之前不在现场嘛,有这个就够了。"

"我可以使些诡计来假装啊。"

加贺听了故意嗤笑出声:"那你的杀人动机是什么?"

藤堂耸了耸肩,认真地说:"感情纠葛。"

加贺哼了一声,拍了一下腰部,站了起来。"打扰了。"

"你帮我转告沙都子,只要是为了寻找真相,让我做什么都行。一有什么新情况,请马上告诉我。"

"我一定转告。"

"对了,还请你告诉她,我至今还不能相信祥子是被谋杀的。祥子一定是自杀。"

加贺扬起右手表示明白,打开门出去了。

中午时分下起了雨,一到雨天,学校食堂就人满为患。不少人吃完了并不急着走,而是坐在那儿聊天。几个人占着桌位,把吃空了的餐具堆在一边。食堂禁止吸烟,桌子上没有烟灰缸,这帮人中就有不少人随意地把烟灰弹到茶杯里。

加贺高举着炸虾套餐寻找空位。众人呼出的气息和饭菜的热气在玻璃上凝成水珠,把窗子弄得雾蒙蒙的。加贺看到窗子旁边一桌有几张熟脸,便穿过人群,一路小心地不让碗里的味噌汤洒出来。他在那桌放下了餐盘,正吃着的两个女生抬起头来。

"我当是谁呢。"沙都子说道。

"波香没和你们在一起吗?"加贺先后看了看沙都子和华江问道。

华江筷子上还夹着两三根乌冬面条,她摇摇头。"最近都没怎么见到她。"

"找波香有事?"沙都子问。

"没有,"加贺答道,"没什么大不了的。"他只是想找波香问问她在剑道社那一连串难以理解的举动。"白鹭庄情况怎么样了?"他岔开了话题。

沙都子从包里拿出一条淡蓝色方格手帕,轻轻擦了下嘴。"详细情况不是很清楚,总之房客们都以各种形式接受了调查。警方问过她们的不在场证明、和祥子交情如何之类的。"

"从现在的情况看,她们最先受怀疑也在所难免。结果如何?"

"我不知道警方有什么结论,但现在好像也没特别怀疑谁。我是听祥子隔壁那个姓古川的女生说的。"

"那天晚上公寓里有多少人?"

"稍等一下。"沙都子把手帕塞进包里,取出一个名片大小的记事本,看着说,"一层五人,二层四人,这是所有的房客……"

"怎么这么少?"

"那所公寓不怎么受欢迎。"华江吃完了乌冬面,皱着眉说,"那天晚上十一点左右,也就是波香敲祥子的门却没有回应的时候,公寓里一共才五人,一层两人,二层就是祥子、波香和古川三人。"

"其他四人出去玩了吧?她们的家长要是知道了,准气得摇头叹气。"加贺轻巧地叉起一只炸虾，正准备往嘴边送，忽然停住了，"等等，十五个房间里只有九间住了人，那就是还有六间空房了。这些空房平时锁不锁？"

"当然锁。我经常到祥子或波香的房间里住，一间屋住两个人太挤了，我有时就想拿被子到空房里睡，但是住不了，锁上这些空房就是为了防备这个。"

"哦……"看来也不能假设凶手潜藏在空房里了。加贺把虾送进嘴里嚼了起来。他一边体味着冷冻食品独有的淡然无味，一边思考自己是不是遗漏了什么。"对了，我刚刚找了藤堂。"

加贺话一出口，两个女生脸上便笼上一层阴影。这件事发生后，谁一想到藤堂都是这样的表情。

加贺把藤堂为了查找真相甘愿做任何事的豪言和他至今仍坚信祥子是自杀的态度一五一十地说给了沙都子二人。

沙都子面色沉静地说："他的心情我们理解。"她和华江对视着点点头，"藤堂也许是一时激动才这么说。事实上，警方也没有完全认定祥子死于谋杀。没有发现祥子抵抗挣扎的痕迹，凶手如何出入公寓也难以解释，不能排除自杀的可能。"

"再说日记也是空白的。"华江在一旁插嘴道。

"密室之谜现在还是没能解开吗？"

"解不开。"沙都子自暴自弃地摇摇头，"为了防止遗漏，我们又向那个管理员阿姨确认了一次，她说绝对没有什么陌生人进出。尸体被发现的时候，后门也确实是锁着的。"

"祥子屋里的窗子也锁着吗？"加贺问道。

沙都子干脆地回答："不仅锁着，窗子离外边地面还有好几米呢。"

"就是说，这是一个完全封闭的房间了？"

"如果凶手是从外面侵入的，确实如此。"沙都子一双大眼睛凝望空中，或许正在思考可能的侵入方法。加贺出神地看着她的眼睛，一时间停了两三秒筷子。

"对了，"华江似乎一直等着两人的对话告一段落，"这周六你们都有空吗？"

"周六？"沙都子说道，"我倒是没什么事……怎么了？"

华江有些遗憾地垂下了眉毛，嘟囔着说："你们果然忘了，是十一月二号啊。"

这句话提醒了加贺和沙都子，他们不约而同地说："对了！"

"雪月花之日啊。"沙都子抚着额头，轻咬着嘴唇说，"忘得一干二净，得挨老师骂了。"

"我也忘了，还是华江记性好。"

"我也是昨天跟若生打电话的时候听他提醒才想起来。他问今年咱们准备怎么过。"

"哎呀……"加贺和沙都子面面相觑，"真够讽刺的，倒是我们一直学着茶道的人把这个忘了。"

"那今年准备怎么样？"华江问道。

"当然要办了。"沙都子说，"没理由不办啊，况且明年我们就毕业了，说不定今年就是最后一次了。"

"过了那一天，老师多大岁数了？"

"六十四了吧。"华江回答。

"已经这岁数了啊，那就更得办了。"

"不知道波香记不记得。要是今天在学校见不着她，我回去时去她那里一趟。"沙都子说。

加贺说："那我去藤堂那边确认一下。"

十一月二日是加贺和沙都子他们共同的恩师南泽雅子的生日。南泽没有孩子，丈夫也已经过世，没有人为她庆贺生日。因此，沙都子、波香和祥子等茶道社成员便想到利用这天到南泽家办茶会，兼来庆贺她的生日。这一天就成了她们所说的"雪月花之日"。"雪月花"指的是茶会中一项名叫"雪月花之式"的茶事，她们通过这项茶事来决定由谁把生日礼物递到南泽手上。第一次举办这个茶会时，南泽感动得连拿着茶刷的手都直发抖。

沙都子他们毕业那年，南泽也退休了，所以茶道社成员总共只办了两次雪月花之日的茶会。沙都子三人觉得这太可惜了，便约了加贺和藤堂，提议重办。若生和华江也加入其中。到去年为止，已经又举办了三次。他们办的茶会，虽没有茶道社社员们举办的那么正式，但能品尝到南泽雅子亲手做的饭菜，对这些学生来说，堪称深秋的一大乐事。

今年的茶会也兼做祥子的祭典吧。想到这儿，加贺觉得这将是个多少有些伤感的生日。

6

这一天下了第四节课，加贺没有去剑道社训练，而是来到了摇头小丑。平时来时，总能碰到一两个伙伴在喝咖啡，今天却一个也没见到。若生和华江这对搭档因为比赛迫近正在加紧训练，藤堂在忙着写学术会议的稿子。可能在这儿的也只有沙都子和波香了，可是找遍了也没见着，看来两个人今天没课。

"我倒是看到了沙都子，她在这儿看了一眼就走了，可能是去波香那儿了。"老板站在门口对加贺说。老板和他们打了四年交道，早已熟识了。加贺朝老板摆手示意，又钻出了那扇矮门。

加贺想着还是回剑道社训练算了，却又忽然记起了什么，朝车站那边走去。车站并不是他的目的地。过了车站，他慢慢上了一个窄窄的缓坡。

白鹭庄和T大的社团活动中心差不多大，窗户排列在白墙上，一看窗帘就知道是女大学生的房间。加贺估计那些没挂窗帘的就是空房了。加贺站在公寓门口朝里望去，确如若生所画，左手边有个值班室。那个正蜷缩在里面织毛衣的胖女人一定就是他们说的管理员。她织了一会儿便转转脖子，捶捶肩，视线不时转向房间里面，大概是为了看一眼电视。

没过多久，肥胖的管理员注意到了这个正向里窥探的"可疑男子"，一双充满怀疑的眼睛直勾勾地盯着加贺。

加贺决定出击，如果就这么离开，只会让管理员更加狐疑。他走到公寓入口，问道："金井同学在吗？"

中年妇女把加贺从头到脚仔细打量了一番，向上翻着眼睛看着加贺说："你是谁啊？"

加贺没有被她的眼神吓到，满脸堆笑地说："我是她朋友。金井同学不在吗？"

管理员还是那副冷冰冰的表情。"还没回来呢，那孩子经常很晚才回来。"

"经常很晚?她去哪儿了?"

"谁知道呢,不过她经常在回来之前去喝酒。"

"喝酒……"加贺猜她是去波本了,她可是那儿的老主顾。"对了,我也是牧村同学的朋友。"

管理员一听,眼睛一亮,变得有些神经质。

"按规定,我不能去查看她的房间吧?"加贺抱着一种失败也无所谓的心态问道。

管理员的脸色更加难看了,她摇着头说:"这可是女生公寓,你是想让我们声誉扫地吗?"

"不行吗?"

"当然不行!"管理员把"当然"的"当"字说得很有分量,说完就把视线移回编织的衣物上,双手又忙着织了起来,还嘟囔道,"这年头的学生啊……"她用浑圆的背对着加贺,不再理会。

加贺走出了公寓,心想着是不是去波本看看,一看手表,觉得时间有些早。回头看看公寓,胖管理员还在狐疑地盯着他的背影,和加贺的眼神一对,她又慌忙地织起衣物。

看来只好回学校了。加贺这样想着,准备迈步,只听后面有人小声叫住了他。回头一看,一个脸色黝黑的女生正对着他笑。女生穿着褐色毛衣和米黄色长裤,外面套着绛紫色夹克。

加贺看着那张脸,想起了刚出炉、烤得焦黄的曲奇饼。

"你去那所公寓有事?"曲奇脸女生问加贺,语气很是亲热。

加贺没说话,只是盯着那张黑褐色的脸。

"你没认出我来?"曲奇脸女生耷拉着脸说,"我跟你一起上过法学课呀！"

"啊，对。"加贺立刻反应过来，法学课上他们座位相邻，还说过话呢。记得是个大三的，但从没问过她名字。"你就是坐在我旁边直打瞌睡的那个啊。"

"那叫冥想！"

两人说着慢慢走了起来。曲奇脸女生像是要去车站，加贺也不由得朝那个方向去了。

"你跟看门的说了些什么？"

"看门的？"加贺话刚出口便明白了她指的是管理员，便反问道，"你也住在那所公寓里？"

她点点头。"简直是被监禁在里面，够可怜的吧。"

"还没请教你的名字呢。"

"我叫古川智子。"

加贺停住了脚步。"你是住在祥子隔壁吗？"

"你这都知道？"她一惊，继而拍了下手道，"对了，你向看门的问的是那桩命案吧。"

"我想让她放我进去，可是不行。"

"当然不行了！"智子皱起眉头，"那更年期老太婆肯定不让你进。"

"只是想看看现场罢了，我又不是想当什么名侦探。"加贺无奈地一摊手，迈开步子。

智子忽然大声说道："等一下！我可以让你进去。"

她像是个在恶作剧的孩子，用一种别有意味的眼神轻佻地看着加贺。加贺再次停住脚步，回过头来认真地看着她。

"真的可以？"

"不过有个条件。"智子吐出舌尖,舔了一下上嘴唇,"我要所有专业课的笔记,一年之内的。"

加贺叹了口气,苦笑道:"只有这个条件?"

"我可不想留级。"

智子转身原路返回,加贺半带疑惑地跟在后面。他朝智子的背影问道:"你不是要去车站吗?"

"反正车站又跑不了。"智子回答。

两人来到了公寓侧面,智子沿着眼前的一条路右拐,加贺在后面跟着。那是一条很窄的路,车子一定过不去。智子走到一半,又向左拐进一条更窄的路——与其说是路,倒不如说是一条缝,不难预见再过一会儿巷子就会一片漆黑,因为周围没有任何照明。

沿着这条小路走了十几米,左边出现了一道乳黄色水泥墙,墙上到处都是裂缝,从中渗出的黑水在墙面上形成道道污痕。

"这就是白鹭庄的背面。"

加贺闻言不由得往上看了一眼,刚才从远处望到的一排窗子确实就在这里,窗帘的颜色也很眼熟。而墙面呈现的乳黄色,应该就是由原先的白色变的。

"这就是后门了。"智子指着一扇布满锈迹、看上去很笨重的门,门前有两级台阶。"这扇门虽然上了锁,但从里面很容易就能打开。"

"你能帮我开一下吗?"

"笔记哟!"

"我知道。"加贺粗鲁地说。智子就像遇见了什么可笑的事一样,咯咯地笑着,沿着公寓墙边的小路飞快地走开了。

智子的身影消失后,加贺沿着她走过的路走了几步,发现白鹭庄侧墙的后半部分跟后墙一样都是乳黄色的，雨水管往前才变成重新粉刷过的白色。

就在那一带，一人高的地方有一扇窗子，窗户是毛玻璃的，里面什么也看不见。铁窗框上的油漆已经剥落，锈得很严重。加贺想着若生画的简图，推测这应该就是那间储藏室，因为窗户的大小和高度都跟其他房间不同。

加贺把手伸向窗框，试着推了推，想看看凶手从这里入侵的可能性。但是窗子根本打不开，加贺猜想里面大概锁上了。

加贺又回到原先的地方，不一会儿门里传来开锁的声音，门慢慢向外打开，露出了智子黝黑的脸。加贺刚要说话，智子立即用食指挡在嘴唇前，小声地说："小心点，不要发出太大的声响。"

加贺点点头。待他进去后，智子小心翼翼地关上门，又轻轻地上了锁。刚才已和她说了半天话，但这还是加贺头一次见到她这么认真的表情。

公寓里面十分昏暗，什么声音也没有，加贺想，沙都子说得没错，住在里面的人太少了。正如若生那张图所画，后门旁就是楼梯。智子指着上方，动了动嘴唇，似乎是要他上楼。无论后门还是楼梯，从值班室看都是死角，加贺心想，凶手一定也是从这条路进来的。

上到二楼，走廊跟楼下一样昏暗。智子跟了上来。"那边就是我的房间了。"

她用下巴指了指距离他们最近的一个房间。那旁边应该就是祥子的房间了，那扇紧锁着的门，似乎在对加贺诉说着什么。

他握住了祥子房门的把手，想悄悄地转开，但是一点也转不动，这是半自动锁的一大特点。智子在背后对他说："门已经锁上了吧，警察刚来过这儿,在里面翻了一阵。"

听说祥子房间对面就是波香的房间,加贺回头看去,上面写着"居丧",还真如波香的行事作风,加贺微微一笑。

"进来喝杯饮料吧。"智子从包里掏出钥匙,插进把手上的钥匙孔,轻轻地转开了锁。开锁时发出的咔嚓声在走廊里意外地响。

"稍等一下。"加贺对着智子的背影说,"再锁一下给我看看。"

"啊?锁门吗?"智子有些吃惊,接着按他说的又锁上了。只需要按下把手上的按钮然后关上门,咔嚓声不是很大。

"OK,明白了。"加贺朝拜似的立起了右手。智子噘了噘嘴,又把锁打开了。

智子的房间远比一直由华江打理的若生的房间乱多了,但也没有加贺其他几个朋友的房间那么脏乱。加贺嗅到了化妆品和香烟混杂的气味,但与那些夹杂着汗酸和食物腐臭味的房间相比,可算有着天壤之别。

"随便点,别拘谨。"智子把夹克放进衣柜,从桌上拿起一只茶壶进了厨房。厨房只有两叠大,铺了地板,厨房和起居室之间用一扇推拉门隔开。

"祥子房间的格局也是这样吧?"加贺问道。

智子把茶壶架在火上,回答说是。

"你说你进祥子房间时,里面黑洞洞一片,那时推拉门开着吗?"

智子回过头,盯着推拉门,似乎在回想当时的情景。最后她吐了吐舌头回答:"记不清了。"毕竟强人所难,加贺不再追问。

智子走进祥子房间时,若凶手就在屋里,究竟应该藏在哪儿呢?一个只有起居室和厨房的房间,没有什么藏得住人的地方。加贺推测,凶手恐怕是拉上推拉门躲在厨房里，祥子的尸体也一定在那儿。

"你从祥子房间回来之后，有没有听见她房门上锁的声音？就像刚才那样咔嚓一声。"

"这个警察也问过我。"智子把两个茶杯放进托盘，小心地走过来。刚才听她说喝饮料，加贺想到的是红茶或咖啡一类的东西，但端过来的像是乌龙茶。加贺无论如何也无法将这个女孩跟乌龙茶联系起来。

"可老实说我记不得了。警察当时还抱怨我什么都忘了。我要是记得这么清反倒不正常了，你不觉得吗？"

"对。"加贺喝着茶应道。

"对吧，真让人来气！"智子喝着茶，发出清脆的声响，"再说了，那时候我应该看电视正入迷呢，耳朵察觉不到其他的声音。"

"你跟祥子和波香她们关系还挺好的吧？都住在这儿，你们平时来往多吗？"

"来往……"智子摇头，"其实很少，我们都尽量不干涉彼此的生活，老来往也挺烦人的啊。"

"哦。"

"哎，祥子学姐真是被谋杀的吗？我可无论如何都不相信。"智子小声地问，似乎在顾虑着四周的动静。

"这个，还不好说，"加贺随口带过，又移开话题，"对了，这里的一楼有间储藏室吧？"

智子点点头，茶杯还靠在嘴边。

"进不去吗？我想看看里面什么样。"

"不行，门锁着，要进去就得从管理员那儿借钥匙。我可不想跟那个老妈子说什么话。"

"拜托了!"

"我不想去。去还得在本子上登记,总之就是很麻烦。"

"我一定会还这个人情!"

"别说古装戏台词一样的话,"智子笑了,然后"哎呀"一声站起来,"没办法,我就卖你个人情吧!"说着便走出了房间。

大约过了五分钟,智子吃力地抱着一台吸尘器回来了,这估计就是她要进储藏室的借口了。"吸尘器我倒是有,不过我说我的坏了,也只有这个借口才能让她同意我打开储藏室。"

"真是对不住。"加贺接过吸尘器,放到墙角。

加贺和智子出了门,小心控制着脚步声,慢慢地走下楼。储藏室的入口就在楼梯口旁边,门锁跟智子她们房间的类型不一样,不是半自动锁,而是一把普通的锁。

"锁已经打开了。"智子小声地说。加贺转动把手,门连摩擦的声音也没有,就这样出奇安静地打开了。仔细一看,这扇门很新,和后门一样,能够从房间里面打开门锁。

这间储藏室有三叠大,大大小小各种纸箱密密麻麻地堆在一起,上面用油性笔写着"日光灯""卫生纸"之类的字。此外,主要是些清扫用品。窗框是很旧的铁框,虽然涂着黑漆,但已经锈迹斑斑。这里果然也是锁着的。两扇窗户边缘重叠的地方,有一把用金属片固定的月牙锁。(图3)

加贺拨开锁打开了窗子,锁看上去已经生锈,打开时却意想不到地轻松。加贺仔细观察了一下,发现它比铁窗框要新,似乎是后安上去的。"警察没有调查这间屋子吗?"

"看了一下。"智子随意地答道,"当时管理员老妈子也站在这儿,

图 3 月牙锁

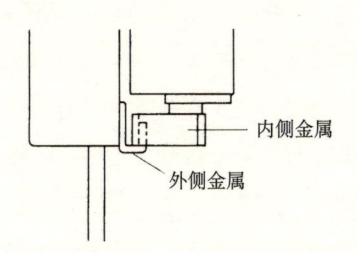

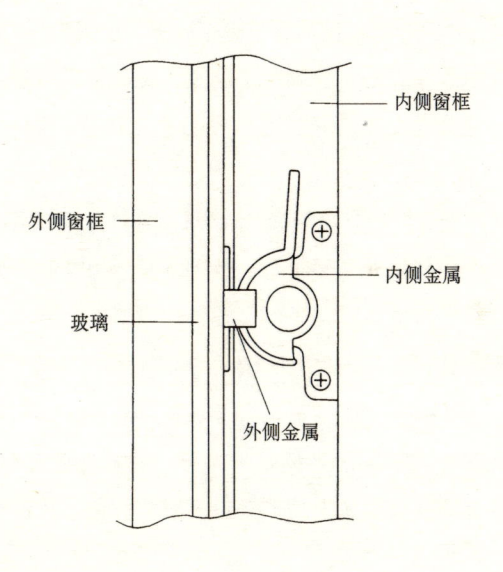

内侧金属
外侧金属

内侧窗框
外侧窗框
内侧金属
玻璃
外侧金属

乱哄哄的不知道干了些什么。可是这里没钥匙进不来,那天谁也没借这儿的钥匙,他们还要检查,真没办法。"

"是啊。"加贺附和着。

加贺走出储藏室,正想从后门出去,眼前的房门忽然打开了,一个长发女生走了出来。已经没地方也没有时间让加贺藏起来了,他愣在原地,想着如何应对。

一看见加贺,长发女生立刻张大了嘴。这一反应比加贺想象的要小得多。而智子看到这些居然一点慌张的样子也没有,这让加贺百思不得其解。

长发女生最终什么也没说,沿着走廊离开了。智子若无其事地打开了后门。加贺出去。随后又传来了咔嚓的上锁声。

加贺一个人等在一片漆黑的小路上,几分钟后智子才过来,说是先去还了吸尘器。加贺还担心刚才的事,问道:"刚才被看到了,没事吗?"

智子笑眯眯地向他挤挤眼。"这话只能在这儿说,其实让男朋友从后门进来的人在这儿不是少数。管理员虽然很唠叨,但整天就待在值班室里,看不出破绽。于是,我们达成了一个默契,像刚才那样忽然看到楼里有男生,千万别出什么声。"

"男生止步只是一纸空文?"加贺心想,这是个不容忽视的事实,按照智子所说,凶手——即便是男人——只要避开管理员的眼睛,就能堂而皇之地在公寓里来回走动。更重要的是,这件事一定还没传到警察耳朵里。

"对谁都别说哦。"智子把食指挡在嘴前,跟刚才一样对他挤挤眼。

7

加贺在车站前的北京屋吃了晚饭,到家时已经八点左右了。玄关前一片漆黑,他站在门口,从口袋里掏出钥匙,借着月光插进了锁孔。

打开门,屋子里飘着一股味噌汤的气味。父亲好像在傍晚出门了。加贺想起了父亲特有的背影:背脊笔直,步幅不大却走得很快。

加贺走进客厅,打开了日光灯。一片白光之下,旧矮脚桌上随意地放着一张字条。加贺拿起字条,这是张从报纸的广告夹页上裁下来的纸,字写在反面:

明天我不回来了,如有急事,打这个电话:×××—××××。

明天不回来,可能是后天回来,也可能是后天也不回来。现在能够确定的是,加贺明晚回来的时候屋里还是黑的。加贺把字条放回矮脚桌,脱下运动服扔在一边,往榻榻米上一躺。

上次跟父亲说话是什么时候?加贺思忖着。最后一次跟父亲碰面是两三天前,像样的谈话就是更早的事了。两周前,他向父亲汇报了一下找工作的事,这是他能回忆起的离现在最近的一次交谈。

当时只有自己在说话,说参加了第二阶段的面试,没有参加其他求职活动,要是落选就留在学校读研究生,明年继续挑战。父亲双眼一直盯着报纸,好像根本就没听,一点反应也没有。最后他用几不可闻的声音问:"你没有信心吗?"

与父亲相反,加贺大声地说:"有信心!"

"有信心就别去担心落选以后怎么办。"父亲依旧保持着看报纸的姿势说道。

今年春天,加贺第一次提起想当老师时,父亲的反应也跟现在差不多,甚至连句"为什么"都没问,这让加贺很是扫兴。

加贺本想,若父亲问起原因,他就回答:"我本想在老师和警察之间选择,但当警察会给家里带来不幸。"他满心期待父亲听了他的回答后会露出什么表情。

但父亲什么也没说,回了一声"哦",也没有过问与此相关的事。

父亲变成一副什么也不回答的样子,是从那时开始的——加贺想起大约十年前,他马上就要上初中的时候。前一天还在厨房里用砧板切菜的母亲忽然不见了。"妈妈去哪儿了?"加贺一直追问,但父亲没有回答他,只有时间慢慢流逝。当加贺明白那就是所谓的"失踪"时,他早已忘记了母爱。

加贺拿起矮脚桌上的字条,把它揉成一团扔向纸篓。纸团正中纸篓,屋子又回到了一片寂静之中。

第三章

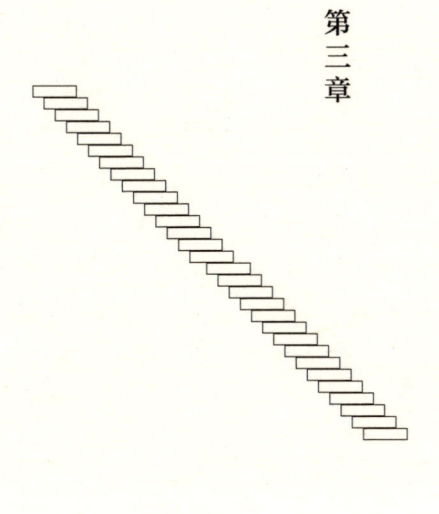

1

沙都子上完第二节课，在国文系的研究室里待了一会儿便离开了学校，到家是下午三点左右。她看着表计算着，若想在五点前赶到南泽雅子家，四点钟从家出发正合适。她决定好要穿那件印着佩斯利螺旋图案的黑底连衣裙。做这个决定让她大大节省了时间。若在平时，她连穿什么衣服都要犹豫将近半小时。化妆她也几乎没花什么时间。要迅速，但又不能偷工减料，这是沙都子对化妆的态度。她在涂口红时想起了加贺说过的话："化妆是女人的特权，不化妆就是怠惰。"当她转述给波香时，波香笑了起来，说："那不过是恋母情结的写照。"即便是说了这话的波香，有时候也会花上一个钟头化妆。

一切准备完毕时还不到三点半。沙都子走出房间，打算喝杯红茶。

下楼的时候，她看到父亲广次在一楼的客厅里。他好像刚从公司回来，穿着马甲，系着领带，西装上衣被随手扔在沙发上。

糟糕，沙都子心想。自从两人因工作的事闹得不愉快以来，她就不知如何与父亲独处。但此刻再走回房间不合情理，她也不喜欢逃避。她只好尽量不向父亲那边看，走下了楼梯。

沙都子背对着父亲,为自己沏了杯红茶。广次正看着一本看不出有什么意思的经济类杂志。沙都子很不自在,总觉得父亲的目光越过了杂志,正从后面看着自己。

本来是只打算为自己沏茶的,沙都子却下意识地拿了两个杯子,这个保持了多年的习惯让她很是感叹。既然已经拿了两个杯子,放回去也不是道理,她稍稍扭过头,犹豫地问父亲:"要红茶吗?"

广次拿着杂志说:"喝一杯吧。"他总是能保持一种一成不变的口吻。

沙都子沏好茶,将茶杯放进托盘,端到沙发前。这时广次已经看起了报纸,好像是在浏览早上上班前没来得及看的内容。

"T大的加贺,是你朋友吧。"广次忽然说道。

沙都子一听,差点把茶杯打翻,她努力装出一副平静的样子说道:"算是吧,怎么了?"因为太过焦急,声音显得有些走调。

父亲指了指体育版说:"这里报道了全国剑道锦标赛,最有希望获得学生组冠军的选手中有加贺的名字,真了不起啊!"

沙都子瞟了一眼报纸,上面用小字登着加贺的名字。对加贺来说,这种程度的报道从高中开始就有了。沙都子说出这一情况,广次将嘴张得老大,佩服得不得了。"听你这么一说,他那时是个有毅力的孩子,虽然我记得不那么清楚了。"

"他现在也很有毅力啊。"沙都子说着从沙发上走开,坐到餐桌旁,背对着广次喝起了茶。过了一会儿,身后传来了广次因茶太烫而吸着气啜饮的声音。

"对了。"广次说道。

沙都子立刻僵住了,她猜想接下来的话题应该是她找工作的事了,广次要说的话也是确定了的——坚决不许她去东京。

"你朋友去世的那件事,"话题与预想的不同,但说起来,这件事她还从没跟父亲谈起过,"到现在还没有头绪吗?"

"这个,"沙都子偏起了头,她确信广次的目光一定还落在报纸上,"好像是吧。"

"哦……这事似乎另有隐情啊。"

沙都子察觉到广次已经放下报纸站了起来,接着传来了脚套进拖鞋的声音。沙都子忽然产生一股冲动,她扭过头对广次说:"爸爸,东京的出版社那边……"

按理说,广次会站住的,因为他最关心的事莫过于这个了。但他却像什么也没听见似的,径直上了楼梯,看也不看女儿一眼,将她留在这片尴尬的气氛中。

沙都子到达南泽家时,离五点还差一刻。其他几个同伴向来不会早到,沙都子果然是第一个。直到去年,每年都是祥子最先到。

南泽穿着一身深绿色丝绸和服等着自己的门生。沙都子一到,就被她引进了最里面的房间。

"老师,祝您生日快乐!"沙都子端坐好,低头行礼说。

南泽点点头笑了。"谢谢!不过真的可喜可贺吗?到了这把年纪,总觉得活着就是拖累社会啊……"

"哪里呀!"沙都子嘴上这么说着,心里却也感到南泽一下子就变老了。这说不定是受了祥子那件事的影响。

趁着等待大家到来的时间,沙都子向南泽说了说自己工作的事。她说自己已经被出版社录用,但没说因为要去东京而遭到父亲反对,只是坦诚地表露了自己现在苦闷的心境。

"令尊一定会很担心的,我明白他的心情。而且他一定不想让你离开他吧?"南泽雅子说着,露出了和蔼的笑容。

"但我已经不是小孩子了,我希望他能相信我。"

"我想令尊肯定是相信你的,他不相信的是你以外的人。"

"可是……"

"可是你想去出版社工作,也想到东京去,下了决心确实是九头牛也拉不回来了,对吧……所以到头来你一定会坚决地破门而出的。"

"啊?"沙都子反问道。她这位恩师以前也是这样,偶尔会用上些激烈的措辞。

南泽雅子依旧面容和蔼。"不论你怎么做,想要面面俱到多半是不可能的。既然你决心已定,就放手做下去吧。你一个人出去,既想得到令尊的许可,又想得到大家的祝福,那只能是一厢情愿的空想。且不说这个,我觉得单单是征得令尊的同意,就已经是奢求了。"

或许是吧,沙都子心想。她选择了自己想走的路,也做好了准备去接受由此带来的考验。她确实希望父亲能够理解她,但那终究只能是自己天真的想法罢了。

南泽雅子见沙都子低着头,便换了种口气,打破了严肃的氛围:"关于工作的事啊,你们大家好像都很苦恼。像你们这样的好孩子,反而不好解决这个问题。"

沙都子抬起头。"您说我们……"

"虽然他们都没跟我谈起过工作的事,但从话里我听得出来。若生好一阵子都很烦恼,金井和伊泽也有犹豫。一开始就下定决心的只有藤堂和牧村。"

高中时就因一直很迷茫而得了"迷途少女"这个外号的祥子,

在最关键的问题上倒是一点也没迷茫。

"加贺怎么样呢？"沙都子看似漫不经心地问道。

"大概是今年春天吧，他说想当警察或者老师，但最后还是选择了老师。我一直都认为他不会做一个普通的上班族，他是不是更适合当警察呢？仅仅当个老师，肯定不足以将他内心的热情和能量充分发挥出来。"

沙都子深有同感。如果加贺成了老师，对学生来说或许会是个好老师。但她听说现行教育制度并没有贯彻理想中的自由教育方针。从这个层面上说，他也必须要有上班族的那种妥协。要加贺在这样一个相互磨合的系统中穿梭往来，简直无法想象。

"老师，其实……"沙都子说出几天前加贺忽然向她告白一事。在此之前，她对谁也没说起过，不知怎么，现在却有了倾诉的欲望。

"他总算招了！"南泽雅子笑开了花，"加贺居然真会向你告白，不过这方式挺像他的作风。"

南泽雅子的感觉跟沙都子刚刚听到加贺告白时是一样的。接着，南泽像想起了什么，点着头说："难怪啊，加贺说不定是因为这个才放弃当警察。"她对沙都子微笑道，"你知道他母亲的事吧？他觉得母亲出走的起因全在父亲身上，因为他父亲是个警察。他心里肯定抱定了一种观念，觉得警察一定会给家里带来不幸。春天的时候，他不知道该当老师还是警察，是因为那时他还没有对家庭形成一个具体的概念。"

"可这跟他向我表白有关系吗？"

"他向你表白求婚，意味着以后他要像家人一样对待你，不想让你像他母亲一样受苦，所以打消了当警察的念头。"

"可是……加贺说,我跟谁结婚完全由我自己决定。"

"他就是那样的人,一直都是。我想他这样说并不是要逞强或者遮掩什么,而是真的就是这么想的。"

加贺考虑到了跟自己结婚的事,所以打消了当警察的念头。沙都子这样想着,感到了些许心理负担,心也不禁怦怦直跳。

将近五点的时候,其他几个人陆续到了。首先是若生和华江,他们最近老是在一起。

"明天就要比赛了。虽说事到如今,再忙着练也没什么用了,我们还是做了一下最后的调整。"若生看着华江笑着说。看来两人已经相当默契,照现在的状态,沙都子觉得他们明天的表现一定值得期待。

藤堂和波香先后到达。藤堂一脸笑容地向老师道了生日祝福,但气色却和以前一样,一点也不好。

"加贺说要晚些再来,"藤堂一边在沙都子旁边坐下一边说道,"有剑道训练。"

"剑道?这样的日子明明应该是这里的事更重要!"这不像加贺行事的风格。沙都子暗自责备加贺:他本应不会在这种事上乱来……

"不是在社团里训练,他去的是警察局的剑道场,他说于情于理都不能不去,况且离全国大赛又这么近了。"

"哦……警察局的剑道场啊。"沙都子还是第一次听到这件事。平时,剑道的事加贺全都对她说,现在发现还有事瞒着自己,这让她有些不满。

说到不满,沙都子对波香也有意见。最近基本见不到她的影子,学校里没有,去她公寓也找不着。今天的事,沙都子也是写了张字条夹在她门缝里,根本不知她到底来不来。

直到今天终于见到波香,沙都子跟她抱怨,她却含糊地说:"这个,我有点事。"

现在,除了加贺都到齐了。大家首先欣赏了南泽准备茶事时的优雅动作。几个人按照往常的顺序坐下,边聊着近况边传茶碗。一道茶后,南泽站了起来,开始准备下一项茶事。这便是照例的雪月花之式。三个女生跟着雅子过去帮忙。

2

在茶道修行中最重要的是"茶道七事式",它是由里千家八世又玄斋一灯在禅宗"七事随身"的基础上,与兄长表千家七世如心斋共同创立的。七事式可以说是茶道教师必须掌握的要领。这七件茶事分别为:花月、且座、回炭、回花、茶歌舞伎、一二三和员茶。

这天在南泽家举行的雪月花之式便以这七个仪式为基准。这是出于参加茶事的人多于六个的考虑,由里千家十一世玄玄斋在"花月之式"的基础上创立的。花月之式的参加人数只能是五个。

简单地说,雪月花之式就是一种抽签游戏。每回都是通过抽签来决定谁喝茶、谁吃点心和谁来准备下一轮的茶。抽签的方式也很简单:在一个称为"折据"的纸包里放进几张牌,参加者坐成一排轮流抽牌。有特别意义的牌是"雪""月""花"三张。这三张牌正面都绘有松树图案,反面则分别写着"雪""月""花"。抽到"雪"的人要吃点心,"月"要喝茶,"花"则要为下一轮的"月"沏茶。除这三张牌以外,还有分别写着"一""二""三"的牌,抽到这三张牌的人什么也不做。

　　游戏就按这样的规则进行,直到有人把"雪""月""花"都抽到了,游戏才算结束。在为南泽雅子举行的这个茶会上,谁最先把三张牌都抽到,就负责把生日贺礼献给南泽。

　　"我应该没忘吧。"若生看着沙都子麻利地准备着,有些不安。他每年都挠着头这么说。

　　"没事的,一玩你就想起来了。"华江安慰道。

　　"那我们开始吧。"南泽雅子说完,大家都走出了房间。

　　其实最开始本来还有一个决定座次的环节,但一直以来都被他们省掉了。他们按照平常定下的座次来坐。因为坐在上座的主客,即最先抽牌的人有许多烦琐的程序要做,这些工作除了原来在茶道社的沙都子和波香,别人应付起来很困难。

　　大家从房间里一个叫"踏席"的角落,依照波香、沙都子、藤堂、若生、华江的顺序走向座位,从里到外坐了下来。加贺如果在这里,就坐在沙都子和藤堂之间。

　　众人坐好之后,南泽雅子便走进房间,双手触地向大家行礼。大家也随之低头行礼,然后南泽便拿起了帛纱①。

　　南泽雅子充当的是亭主,她的主要工作是整理茶会所需的各种茶具。她退到水屋,拿出烟具盘走到主客波香面前,放下盘子行了一礼,又走回水屋。②波香把烟具盘放在上座旁边。接着雅子又把点心盘拿了出来,和刚才一样放在波香面前,只不过这次没有行礼就走下去了。波香又把点心盘放在烟具盘旁边。

---
①边长约27厘米的四方形布,用于清洁茶具。
②亭主,茶事中主人的角色。水屋,茶室中配套的厨房。

这时，雅子把折据拿了出来。折据是花月之式和雪月花之式里一个重要的小道具，是个用日本纸做的、边长约九厘米的四方形扁平纸包，外面盖着深蓝色的纸，里面贴着金色的纸。纸包外写着一个"关"字。花月之式由于参加的人数少，用的折据也更小一些，上面写一个"一"字。

如前所述，折据里放着几张纸牌，称为"花月牌"。今天的茶会上，除了"雪""月""花"三张牌以外，还有"一""二""三"三张牌，共计六张。人多时，折据里也会相应加入"四""五"这样的数字牌。这些数字牌也和"雪""月""花"牌一样，正面画着松树图案，从正面根本无法区分。（图4）

放好折据，南泽雅子从水屋里拿出茶碗，接着又回到水屋，把水罐拿了出来。放好水罐，她便坐在了华江旁边的末座上。（图5）

上述便是到亭主就座为止的程序。这套程序并不是简简单单地依序进行就可以，对脚迈出的位置、用哪只脚先起立等方面都有细致的要求。

就座后的南泽雅子笑着向波香行了个礼，说："传折据吧。"以此为信号，第一轮抽签开始了。第一轮并不决定谁吃点心（雪）、谁喝茶（月），只决定谁沏茶（花）。每轮的"月"都要喝上一轮"花"备好的茶，但因为是第一轮，"月"无茶可喝，因此只决定由谁来为第二轮准备茶。第一轮抽到的"花"被称为"初花"。

波香向一旁的沙都子行礼，便拿过折据，从中取出一张牌来。

沙都子稍微有些紧张。虽说她原来是茶道社的，但已经很久没练习了。如果是若生或华江出了错，大家笑笑也就过去了，如果自己出了差错，可就丢脸了。沙都子脸朝正前，脑中反复想着操作顺序。

图 4

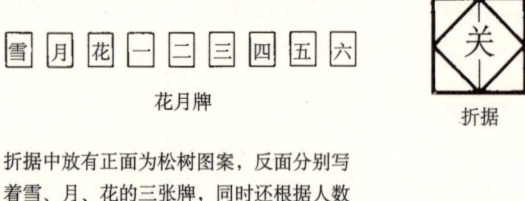

| 雪 | 月 | 花 | 一 | 二 | 三 | 四 | 五 | 六 |

花月牌

折据

折据中放有正面为松树图案，反面分别写着雪、月、花的三张牌，同时还根据人数放入写有一到六的数字牌（此茶会放入了一到三，共三张牌）。

图 5 最初的位置

波香　　沙都子　　藤堂　　若生　　华江

◯　 ◻折据（其中放有纸牌）　　　　　　南泽

茶碗　沏茶座

　　波香取过牌，把折据递给沙都子。折据纸质很好，拿在手中有一种说不出的分量感。沙都子感受着这种分量，打开了折据。按照规定，取牌时不能左挑右选，沙都子不假思索地抽出最上面那张牌，放在了座位前面，接着合上折据，交给了一旁的藤堂。（图 6-1）按规定，现在还不能看牌。

　　就这样，折据从藤堂传到若生，然后传到华江，最后，末座的南泽雅子取完牌，放下折据，几个人同时翻看纸牌。沙都子抽到的是"雪"，但在这一轮什么也不用做。很快，旁边的藤堂用男中音大声说:"'花'。"(图6-2)于是南泽把自己的牌放回了折据,依座次又把折据传回上座。传到藤堂手里时,他不仅要把他的牌放回去,还要在前面的人(南泽、华江和若生)放进去的牌中,找一张数字牌取出来。(图6-3)这是为了防止抽中"雪""月""花"之一的人连续抽到另两张牌。事先留下一张数字牌后,抽中这三张牌之一的人就不参加下一轮抽签了。这张抽出的数字牌叫替换牌。

折据传到沙都子面前,她也按规则把牌放了进去,然后递给了波香。

波香把折据放到规定的地方,藤堂便拿着替换了"花"的那张牌站了起来,走向沏茶座。他是初花,即第一个沏茶的人。沙都子用余光看着藤堂左脚先立起来,想起这时本应右脚先立起来。以前学茶道时,老有人喋喋不休地提醒,而现在的雪月花之式不过是一种游戏,谁也不会计较这些细节。

按规矩,此时亭主要坐到初花的位子上去,即南泽雅子要坐在藤堂原先的位子上。(图7)

藤堂拿起茶巾,准备擦干刚洗好的茶碗。与此同时,沙都子一旁的波香拿起了折据,开始了第二轮抽签。没过几秒钟,折据又传到了沙都子手里,她再把折据传给南泽雅子,最后一直到了华江手上。

藤堂沏好了茶,端到前面,大家便一齐翻看自己抽到的牌。沙都子抽到的是"花",她便是下一个沏茶的人。

左边的华江有些犹豫地报上了自己的牌——"雪",接着南泽说她是"月",沙都子说她是"花"。(图8-1)

沙都子一旁的南泽把"月"放下,右脚先起,站起来端过了茶,又左脚先落,端坐着喝茶。同时,点心盘也从主客波香那里传到了华江手中。(图8-2)按规矩,抽到"雪"的人要吃点心。

"怎么忽然就得吃这种让人长胖的东西。"华江明知于事无补,还是抱怨了一句,往嘴里送了一块糕点。

盘子上放着九块樱花状的落雁糕。落雁糕是由糯米制成的落雁粉拌上砂糖,用木模压制成形的糕点。今天准备的落雁糕,是金泽地区女儿节上作为装饰糕点用的。落雁糕的大小因品种而不同,伴茶用的那种最好一口就能吃下。

"看上去很甜啊。"若生说道。华江嚼着落雁糕点点头。

沏茶座上的藤堂拿着替换牌站起身,长出了一口气,像是因为第一个抽到"花"而特别紧张。他顾不得施礼,像是逃跑一样坐到了末座华江面前。他坐的这个位子被称作"借位",是"花"任务结束后等待下一轮抽签的地方。(图9)

藤堂在借位上坐定后,把替换牌放进折据,传给了上座。抽到"雪"的华江将牌换下,取出了刚才藤堂放进去的那张数字牌,又把折据交给下一个人。这时进行的便是第二次收牌,还是像刚才藤堂那样,为了不让抽到"雪""月""花"中任何一张的人连续抽中这三张牌,他们在把抽到的牌放进折据时都必须从里面取出一张替换牌。如若生刚才抽到一张数字牌,就只需要把数字牌放进折据即可。而接下来的南泽雅子便要在放回她抽到的"月"时,换出若生放进去的数字牌作为替换牌。这样一来,折据传到沙都子手中时,里面就只剩下"雪"和"月",没有数字牌可以替换她手中那张"花"了。这时,她便先把折据传给波香,让波香把手中的数字牌放进去之后再传回来把"花"换掉,取出数字牌。她取到的是一张"三"。(图10)

沙都子拿起替换牌，右脚先起站了起来，走向沏茶座，准备沏第二碗茶。藤堂则从借位中起身，坐到了她的位子上。(图11)

南泽雅子放回茶碗，沙都子拿起来用热水涮了一下，又拿茶巾擦了擦。同时，波香也拿起了折据。折据现在只在波香、藤堂和若生三个手中没牌的人之间传递，里面只有"雪""月""花"三张牌，三人必然各会抽到其中之一。

三人取了牌，等着沙都子把茶沏好。

沙都子沏好了茶，把茶碗放在面前。

"'雪'。"若生有些难为情地挠着头说。接着波香报自己是"月"，藤堂有些无奈地说："又是'花'。"

"看样子今天的主角是藤堂啊！"南泽雅子笑着说。

"好像是啊。"藤堂也笑了。

波香按惯例取了茶碗回到位子上。与此同时，点心盘也从前一轮抽到"雪"的华江那儿传到了若生手里。(图12)

"真挺甜的，明年开始改用咸仙贝可以吗？"若生不爱吃甜食，大家听他这么一说都笑了。

坐在沏茶座上的沙都子完成了任务，舒了口气，左脚先站了起来。根据规则，从下面上到沏茶座的时候必须右脚先起，而从沏茶座下去的时候又必须左脚先起。其他地方应该也没有失误，沙都子一边窃喜自己还能把规则记得这么清，一边走到了借位上。坐下后，她立刻把牌放进折据，又开始往上传。和刚才一样，拿到数字牌的人只需要把牌放回折据，而抽到"雪""月""花"的人则要在放回牌的时候取出数字牌替换。

第二次抽中"花"的藤堂换好了牌，走上了沏茶座。(图13)

图 6-1 决定初花的程序（第一步：传折据，各自抽牌）

图 6-2 决定初花的程序（第二步：抽到花牌的人报出名字）

图 6-3 决定初花的程序（第三步：把牌放回折据中，藤堂还回花牌，抽出替换牌）

图 7 初花（藤堂）来到沏茶座，南泽坐到空出的座位上

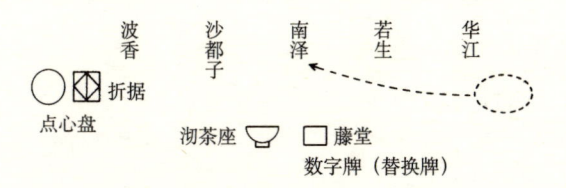

　　　　　波　沙　南　若　华
　　　　　香　都　泽　生　江
　　　　　　　子
　〇　◇折据
　点心盘　　　沏茶座　　□藤堂
　　　　　　　　　数字牌（替换牌）

图 8-1 第二次抽签（传折据，抽牌，抽到雪、月、花牌的人报出名字）

　　　　　波　沙　南　若　华
　　　　　香　都　泽　生　江
　　　　　　　子
　〇　　　□　　□　□　□　◇
　　　　　　花　月　　　雪
　　　　　　　　⌣　□藤堂

图 8-2 第二次抽签（抽到月牌的喝茶，抽到雪牌的吃点心）

　　　　　波　沙　南　若　华
　　　　　香　都　泽　生　江
　　　　　□　　　□　□　□　◇
　　　　　　花　月　　　雪
　　　　　　　　⌣　　　〇
　　　　　　　　　□藤堂

图 9 藤堂向借位移动

　　　　　波　沙　南　若　华
　　　　　香　都　泽　生　江
　　　　　□　　　□　□　□　◇
　　　　　　花　月　　　雪
　　　　　　　　⌣　　　〇
　　　　　　　　　　　　　□藤堂

图 10 传折据，回收纸牌，抽到雪、月、花牌的人分别抽取作为替换的数字牌

图 11 刚才抽到花牌的沙都子来到沏茶座，藤堂坐到空出的座位上

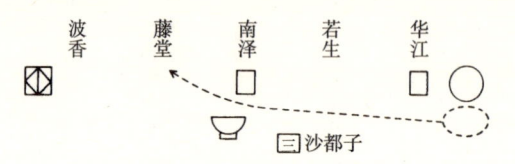

图 12 第三次抽签

图 13 传折据，回收纸牌，抽到雪、月、花牌的人分别抽取替换牌，抽到花牌的藤堂移动到沏茶座

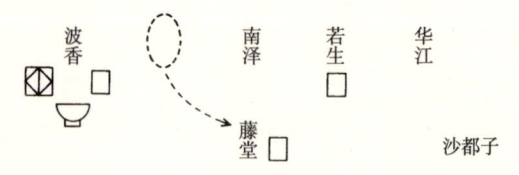

这时，忽然咚地响了一声。

正低头看着榻榻米的沙都子闻声扬起了脸。首先映入眼帘的是一只慢慢滚过来的茶碗，正是方才她沏茶用的。这个清水烧茶碗是南泽雅子引以为傲的藏品之一，现在却不明缘由地底朝天转着。过了两三秒，沙都子才发觉波香的样子有些异常。只见她上半身倒向前面，像猫伸懒腰一样全身痉挛，背部似乎因呼吸困难剧烈地起伏着。

"波香！"

"金井！"藤堂第一个跑去，抱着她的肩试图扶起她来。波香只有手脚能轻微地抖动，瞪大的双眼无神地望着空中。那眼神深深地印在沙都子脑中。

沙都子跑到波香面前，握住她的手使劲摇。"波香，波香！"但波香已经不能回答，全身正慢慢僵硬下去。

"别摇她，让她躺着！打电话给医院，快！"

听了藤堂的话，若生和华江站了起来。南泽却说："你们不知道电话在哪儿。"说完她就走了出去，若生和华江只得再次坐下。

藤堂脱下波香的上衣，沙都子接替他扶住波香，让她稳稳地躺下。

"是癫痫吗？"华江征询似的小声问道，谁也没有回答，大家都感到事态不容乐观。

波香的痉挛渐渐缓和下去，但从她的脸色明显可以看出，这并不意味着她就要恢复正常。沙都子万分焦急，一遍遍喊着她的名字。

痉挛最终停住了，与此同时，大家的表情也凝固了。

华江痛哭起来，几乎是同时，沙都子也发出哀号。沙都子已经意识不到自己在说什么，也听不到任何声音。她感到什么也看不见，只是头疼、眩晕。她脑中一片混乱，哀号着，却不知道为什么要哀号。

有人说了什么,有人答了什么,沙都子看着周围的人急匆匆地来去,而她却像是被时间遗忘了一样坐在那里。然后她听到远处——很远的地方传来了警笛声。

不知是谁从身后扶住了沙都子。她总算站了起来。为什么要站起来?为什么忽然来了这么多陌生人?她脑子里一片空白,什么也听不见。

这时,一个声音忽然传到了她耳朵里。声音很唐突,一下子把她拉回现实之中。"你没事吧?"这个声音又重复了一遍。说话的人就在身后,她回头看去,那张脸让她感到莫名的亲切——是加贺。加贺眉头紧锁,担心地凝视着她。

沙都子感到心里有样东西啪的一声断了,而她本人也像断了线的摆锤一样,倒在了加贺怀里。

3

沙都子待在南泽家客厅里,时间已经过去了很久,但这也许只是她一个人的感觉罢了。她全然不知自己被带到这里后过了多久,房间里所有的人从开始到现在始终一动不动、一言不发。

刚才玩雪月花的人,除了南泽雅子都在这里了。加贺一直在沙都子身边。他只得知波香死了,不知道事情的来龙去脉。然而他谁也没问,只是跟沙都子等当事人一起,置身于这凝重的气氛中。

门把手咔嚓的转动声刺激了大家的神经。门外的人似乎注意到了里面的气氛,转动把手时小心翼翼的,但还是让众人心跳加快。

脸色苍白的南泽雅子看着大家说:"警察来了。"声音有些嘶哑,但丝毫没颤抖,十分清晰。

"警察?"若生抱着华江,惊讶地看着南泽,"警察怎么来了?"

藤堂似乎有同样的疑问,他松开抱在胸前的双臂,站起来朝南泽走了几步。

南泽雅子面色依旧,声音平稳。"医生检查了波香的尸体,说她有可能是中毒死亡,认为有必要让警察来看一下,于是我就叫他们过来了。"

"中毒!"加贺惊叹道,"波香是中毒死的吗?"

南泽雅子轻轻点头。"他们说这种可能性很大。"

"可是……为什么?"

南泽摇头。"不知道,这是警察接下来要查的事。现在,关于这个案子,他们已经问过我了,还想再问问你们,我想马上就会来吧。他们一定会非常仔细地问整件事的经过,对他们的问题,请你们如实回答。"

南泽说完坐到沙发上,几乎是同时,门再次被打开。门外是一名穿着制服、看上去十分年轻的警察。

"抱歉,我们要检查各位身上携带的物品。女警也马上会过来,请女士们按照她们的指示去做。麻烦各位男士跟我过来。"

藤堂、若生和加贺跟着警察走了之后,马上进来了两名体格健壮的女警。她们说话相当客气,向沙都子等人表示过歉意后,便开始了检查。说是检查随身物品,但几乎就是全身搜查。沙都子很快就明白了,女警想检查她们身上是否携带有毒物品。

搜查无果而终,女警再次道歉后便走出了房间。不一会儿,几个男生也被警察带回来了。

"怎么样？"华江小声问若生。她的眼睛已经哭肿了。

若生轻轻摇头，像是在说别人的事一般："好像没有特别的发现。"

年轻警察见大家又像刚才那样坐回了沙发，便说："我们将要进行调查取证，能不能过来一个人，不管是谁都可以。"

大家面面相觑。

"我去吧。"藤堂自告奋勇。

待藤堂关上门，若生小声说了句："真没想到她会中毒。"虽然不知道他说这句话的意图，但沙都子觉得这确实道出了他们的心声：是啊，真没想到她会中毒，我们不过是在举行茶会罢了，可是忽然就被扔进了另一个世界，让人措手不及。

"刚才用的茶粉，"南泽雅子坐在沙发上，紧握着手帕说，"是我昨天刚买的。"她似乎是想说，茶粉应该没问题。此时此刻还能想到这一点的，自然也只有她一个人。

对藤堂的调查取证大概进行了十五分钟，他回到客厅时，嘴唇已经发白，脸部肌肉绷得僵硬，显然是因为太紧张了。

那个警察又进来了。他来回看了看华江和沙都子，问道："哪位是相原小姐？"

沙都子猛地一怔，直起腰来。

"拜托了。"警察低下头说。沙都子下意识地看了看加贺。被警察点了名，她更觉得喘不过气来。加贺嘴微微动了一下，好像在说"没事的"，这让沙都子一下子精神了许多。

调查取证的地方在事发房间隔壁，有八叠大小，和事发房间之间用推拉门隔开，现在根本看不出警察在那里搜查什么。

坐在桌子前等待沙都子的是一名三十五六岁、戴着眼镜、一身笔挺茶色西服的男子。此人看上去与其说是刑警,倒不如说是知名企业的职员。沙都子一进来,他便低头行礼道:"不好意思了。"一切都显得极为自然。他旁边还有一个人,看上去不到三十岁,身材瘦削,目光凶恶——这似乎是当刑警的必要条件。沙都子决心不去看那个人。

"很不幸啊。"这是男子说的第一句话。

沙都子本想"嗯"一句,但她已经说不出话了。

男子还是赞同地点了点头。"我们已经从你们老师那儿知道了大概的经过。今天是你们老师的生日吧?"

"是……"

"你们在玩……雪月花,对吧?我对此一无所知,可不可以认为是茶道里的一种仪式呢?"

"可以。"

"嗯,在进行过程中,金井波香小姐喝过茶就死了。你知道她的死因吗?"

"中毒……是吗?"

"医生说,她死于氰化物中毒。"刑警说惯了这样的话,所以毫不动容,对沙都子来说却非同寻常。她的身体立刻颤抖起来,想止也止不住。

"恐怕中的是氰化钾。金井小姐喝完茶立刻就感觉很痛苦,所以我们觉得茶里有毒的可能性是最大的,对此你有什么不同的看法吗?比如说,你看没看见她喝茶之前吃过什么东西?"

喝茶之前……沙都子努力回想当时的情景,但马上意识到那只能是徒劳,她目光低垂,摇了摇头。"那时我抽到的是'花',根本没空注意其他人在干什么。"

"'花'?哦,就是沏茶的角色吧,我听你们老师说了。原来如此。刚刚我也问过藤堂了,除了沏茶的人,其他人都是朝着同一个方向坐的,看不到金井小姐,所以我想你也许看到了什么。那就算了……反正调查一下就马上会知道她是怎么服下毒药的。对了,除了今天,你最近一次见到金井小姐是什么时候?"

沙都子想了几秒钟,回答:"是上周。我去过一趟波香的公寓。"

那是参加完祥子的葬礼归来的时候,她们就是那天在白鹭庄从古川智子口中得到了很重要的信息。想来,从那以后就没再见过波香了。

她的证词好像令男子极感兴趣。"就是为了那件事吧。"他探身道,"我听老师和藤堂说了,你们花了很多心思想破那个案子。把你们查出的结果给我说说怎么样?"

"说是查……其实没什么成果。"沙都子把从古川智子那儿听来的话——县警本部的佐山已经知道此事——以及召集同伴一同寻找线索的事向男子说了。当然,她也说了,他们根本没找到什么线索。

男子似乎对她的话深信不疑——本来就不是专业侦探,还能找出什么线索呢?

"当得知那起案子他杀的可能性很大时,金井小姐有什么反应?"

她是什么反应——沙都子在记忆里努力搜寻着当时的情景。然而当时这个消息对自己的冲击很大,她根本没能顾及别人的反应。她不得已说道:"我觉得她当时跟我一样吃惊。"

男子又问了一些很琐碎的问题,诸如波香平时的生活习惯、经常来往的人、去过的地方之类，当然也提及了波香和男生的关系。沙都子毫无隐瞒，把知道的都说了出来。如此全力协作，已经表明了沙都子希望尽快查明真相的心情。

"那么，最后问你一个茶道方面的问题。"男子说话的调子有些微妙的改变，"今天你们举办的那个——"

"雪月花之式？"

"对，那个雪月花之式。在那过程中，完全无法推测出喝茶的人吗？"

这个问题应该也问过南泽雅子和藤堂了，甚至可以猜到他们是怎么回答的。沙都子说道："我想不可能，因为由谁喝茶是通过花月牌决定的。"

"就是那些牌吧？"

"对。"

男子并没有显得十分扫兴，只是轻轻叹了口气："沏茶的是你，那时候你有没有注意到什么？"

"注意到什么？"

"比如说茶碗、茶具之类的。这些东西有什么异常吗？"

"异常……"这个问题实在难以回答。回顾那些不经意间度过的时光，就像用显微镜看照片一样，看不见的终究还是看不见。

沙都子叹了口气："我记不清了。"她只能给出这样的回答。

调查结束了。刑警似乎注意到刚才的谈话冗长且不得要领，但还是摆出一副颇有收获的神色说："辛苦你了。"沙都子心想，这或许是警察在进行调查时的习惯吧。

回到客厅,大家都一脸担心地等待着。

"怎么样?"华江站起来问。

沙都子轻轻地说:"没什么。"

沙都子之后出去的是若生。沙都子望着他的背影,坐到了沙发上。

"问了很多吧?"藤堂盯着地毯,关切地问道。

沙都子像往常头疼时那样,用食指和拇指按住眼睑。"嗯……是的。"一阵轻微的疼痛袭来。

她看了看旁边的加贺,只见他抱着双臂,紧闭双眼,这是他常有的姿势。他一动不动地坐着,像是睡着了。

"喂,加贺……"沙都子试着叫他,不知为何,她现在很想听到加贺的声音。

加贺还是那样坐着,说:"事情经过我已经听大家说过了。"

"那……"

"明天再想吧。"他说,"明天想就好,今天什么都不要想了。"

"加贺……"沙都子觉得那出自加贺的体谅之心,正如他所说的那样,现在根本就没有什么力气来讨论波香的死亡,这样呆呆地坐着就已经精疲力竭。

事发后不久,波香的父母就赶过来了。南泽雅子出去接了他们,沙都子等人却没有去。他们大概已从警方那里得知了波香的死因,南泽这样安排,应该是为了避免不必要的麻烦。

继若生之后,华江和加贺也依次接受了警方的调查。加贺当时不在场,对他的询问只是作为参考,本应该很快就结束,但他接受调查的时间丝毫不比其他人短,反倒是华江接受调查的时间更短。

全部询问结束后,几个人终于获得了自由。已经快八点了,沙都子想起他们还没吃晚饭。此前,他们一直没有多余的精力去考虑晚饭,现在想到了,却完全没有食欲。

一行五人拖着沉重的步伐走向车站,大家都沉默不语。沙都子感觉,除了朋友之死,明显还有一个让大家心情沉重的原因,大家都已隐隐察觉到了。

电车车厢很空,五个人并排坐在一起,对面的窗子映出他们的脸,每张脸都显得黯淡而困惑。

若生最先开口了。他本是想对旁边的华江说的,但他的声音刺激了所有人的神经。"很有可能是自杀。"

回答他的不是华江,而是藤堂。"反过来,也有可能是他杀。"

"不可能!"华江说道,"如果真是这样,那就表明我们之中有人下毒了。"

"那么,"若生舔了舔嘴唇,"有没有可能是毫无理由地乱杀人呢?"他舔嘴唇的模样映在玻璃窗上,沙都子看得清清楚楚。这是他边说话边思考时的习惯性动作。

"毫无理由地乱杀人?"

"原来如此,"藤堂点点头,身子也晃了起来,"你是说有个跟我们完全不相干的人投了毒吧?也就是说,老师昨天刚买的茶粉有问题,她买来的时候里面就混有毒药了。"

"陌生人在巧克力或罐装果汁里下毒的事也曾经发生过。不过如果是那样,一查马上就知道了。"

"可能是吧。"

"如果查不到,就只能是自杀了。"若生似乎是想征得大家一致认可，但谁也没有回答什么。

沙都子再次理了理刚才一直思考的问题，让大家心情沉重的原因就在这儿：她是自杀还是他杀。除去藤堂说的那种特殊情况，如果是他杀，那凶手就在五个人之中，这怎么也不可能。那就只好认为是自杀了。可波香是那种会轻生的人吗？这一点，沙都子比这里的所有人都清楚。这不可能是他杀，但又无法想象她是自杀。这个解不开的矛盾重重压在众人心里。

沙都子偷偷看了一眼加贺。加贺不知是否在听大家说话，只是一直闭着眼睛。或许他早就察觉到现在无论讨论什么都毫无意义。毫无表情的脸颊似乎还在对沙都子说："明天再说吧。"

是啊，明天再说吧。沙都子截断了思绪。现在最要紧的是让心情平复。

但沙都子还是陷入了思考，明天再说……明天不管怎样，她心中始终有一个绝对无法改变的想法——她对波香其实一无所知。

4

一道强烈的阳光透过窗帘的缝隙射了进来，沙都子明明觉得还睡得很香，眼睛却已经睁开了。昨天晚上喝的白兰地似乎还在发挥威力，脑子沉沉的。她把头缩进被窝，却怎么也睡不着了。她偷了父亲的那瓶人头马，本是想借酒引来一些睡意，结果却是愁上加愁。因为朋友的死，她喝酒宿醉，这实在悲凉。而这个早晨，天气又非常晴朗，似乎要一扫她积郁的伤痛。

沙都子从床上伸出一只手，准备拉好略有缝隙的窗帘，这时敲门声响起。沙都子哑着嗓子回应，门稍稍打开了一条缝，伸进一只黝黑的手臂，将一份报纸扔了进来。

"报纸。"一个低沉又毫无起伏的声音传了进来。达也似乎认为这已经是对姐姐最大的关怀了。在这样一个早晨，他这种态度确实让沙都子感到舒心。

"达也！"

正要被关上的门停住了。"什么事？"达也问。

"能帮我拉好窗帘吗？"

达也沉默了几秒，好像犹豫了一下，接着他高大的身形出现在屋里。他在家中也穿着运动服，一身汗臭味。他走到床边拉上窗帘，又从门口拿过报纸递给沙都子。

"谢谢。"

"那早饭呢？"达也握着门把手问道，"三明治行吧？"

"可以。"

"饮料呢？"

"红茶。"

"只有锡兰红茶。"

"那更好。"

达也没再说什么，从门口消失了。达也何时变得如此成熟了？沙都子边想边盯着门口看。

本来打算继续睡一会儿，但报纸到手了又想看看。明明已经特意把窗帘拉上了——沙都子自嘲着打开了枕边的台灯。

最先看到的是日期：十一月三日，文化节。难怪，沙都子暗想，南泽雅子常说明治节①的天气总是很好。

她翻到社会版,一幅四格漫画旁边赫然出现了"茶会中服毒身亡"的标题。报纸的标题怎么会写成这样?难道这样读者更容易看懂吗?

报道与事实大致相符,唯一的不实之处是把昨天的茶会说成了"茶道社举办的茶会",还用大量篇幅胡乱介绍了雪月花之式,或许写报道的人并不了解雪月花之式。

报道并没有判断波香是死于自杀还是他杀,只是感觉上倾向于自杀说,里面也没提到祥子的事。

金井波香小姐(二十二岁)

在这行字上面,是一张波香的肖像照。他们究竟从哪儿弄来这样一张照片呢?照片上波香脸部的阴影出奇地重,表情极不自然,简直就像是用蒙太奇手法做出来的。看到波香被弄成这个样子,沙都子一阵心酸,一种跟昨天全然不同的悲伤涌上心头。

她把脸埋进枕头。波香不在了,这个世界上没有她了,再也听不到她的声音了——这些事实她还未能充分消化。她觉得这不是真的,但这确实是事实。她必须接受现实,但现在是接受现实的时候吗?

电话响了,平时在这样的早晨,本应该是波香或祥子打电话约她出去,现在这两个人都不在了……

"你的电话。"声音忽然从门口传来。

"谁?"沙都子习惯性地问了一句。

---

①明治节是文化节的旧称,明治天皇(1852–1912)的生日。

达也顿了顿。"一个男的。"

"男的?"

"姓加贺……"

"哦，"沙都子下了床，披上外衣，"我马上就来。"

二楼走廊的一端有一部分机。只要躲在那里接电话，就不会被人看见。在这样一个早上，分机的存在真是帮了大忙。

"是我。"电话那头的声音低沉，听上去有些难为情，"你看到了吗?"

沙都子立刻明白过来他说的是报纸。"看到了。"

"哦。"加贺沉默了，他一直在犹豫。沙都子觉得他这样实在少见。

"还有精神出去走走吗?"过了一会儿，他终于开了口。

沙都子说没问题。加贺便接着问："能见个面吗?"

这样的事也很少见，沙都子答应了。两人约好在S车站前的一家咖啡馆见面。

S站前的那条街是市中心的一个繁华地段，那家咖啡馆因年轻人常在那里约会而小有名气。加贺居然说出了那家咖啡馆的名字，这让沙都子感到很意外。

她放回话筒，觉得自己正在一点点恢复精神，这多少是听到了加贺声音的缘故。她也明白现在绝不是消沉的时候。想到这里，她的心情振奋起来。

波香，我会为了你拼上毕业前的这段时间！沙都子暗下决心。

咖啡馆名叫"记忆"，客人很多，但气氛沉闷。也不知为什么，咖啡馆里有很多柱子，上面挂着各种年代久远的挂钟，每一个都走得分秒不差。桌子与其说是餐桌，倒不如说是书桌，旁边整齐地摆着木椅。这些椅子坐上三十分钟就会让人痛苦难耐。

"打电话我可真不在行,"挂钟下面,加贺吃着吐司面包说道,"我会紧张。"

沙都子不知道他吃的是不是早饭,已经过了十一点,或许是午饭。"说起来,你以前还从没给我打过电话呢。"

"又没什么事。"加贺把面包切成厚厚一片,似乎是靠着咖啡咽下去的。他在学校食堂也是如此,沙都子见此,不知怎么心情安定了下来。

"平静下来了吗?"加贺问道。

沙都子说:"嗯,算是吧。"

"那就好。"加贺像长辈似的点点头,"我看的那份报纸上说,"他吃完面包,喝了一口水,"茶碗上检测到了氰化钾,而抹茶粉里没有发现毒物。"

"我看的那份报纸上也是这么写的。"不知为何,沙都子的声音低了下去,虽然她一直提醒自己不能这样。

"这就意味着若生提出的无差别杀人的假设不成立,毒药是在雪月花之式进行途中被放进去的……所以,我想听听你的看法。"

"你说……看法?"沙都子像是得了热病,说话有气无力,鼻子呼吸困难,就像在发现祥子尸体时那般。"我什么也不知道。从现在的情况看,只能认为是波香自己服毒,但我完全找不到她自杀的动机。"

这话她也曾在祥子死后说过。当时大家也是从祥子自杀的动机开始思考。只是那时跟沙都子一起苦恼的波香,这次倒成了出难题的人。

"这没有什么想不通的，"加贺语气微妙，"犯下罪行的人，往往会因为悔恨而自寻死路。"

沙都子吃惊地望着加贺。"你是说波香杀了祥子？"

"你还记得祥子被杀时的情景吗？白鹭庄可是除了里面的住户，外人一律进不去的。这样看来，她的确更加可疑。"

"可是，杀人时间推定在十点左右，那时候波香跟我在一起呀，都在波本。"

"推定出来的时间并不绝对准确。可能就像管理员推测的那样，祥子那时真的在睡觉，波香跟你分别后，回到公寓杀了祥子，这也不是毫无可能，反倒更有说服力。"

"你说波香杀了……"沙都子开始感到一阵头痛，脸颊的肌肉僵硬起来，"你太过分了，又没有证据。波香可是我们的朋友啊！"

"但不能说她没有动机。"加贺依旧面色不改。就算理智上明白某些道理，却无法承认也无法说出口，这是人常有的情况，但加贺没有这样的弱点。他说："我说的只是以波香自杀为前提做出的想象罢了。事实上，没有认定她是自杀的根据。之所以假设她是自杀，主要是因为当时的情况。"

"当时的情况？"

"就是她死在雪月花之式中途这一情况。谁喝茶是由牌决定的，谁都无法提前预测，因此不可能有人算计好了让波香服下毒药。"

"确实不能，但有一个人除外。"

"对，你除外，"加贺毫不在意地说，"在得知波香抽到'月'时立刻下毒，这对你来说并不是难事。"

沙都子深深地感到，加贺确实是个做事客观、头脑冷静的人。"你怀疑我?"

"警察要怀疑的话,肯定首先是你。说不定现在还在跟踪你呢。"

沙都子不由得看了看周围。从家到这儿,她根本就没有被跟踪的感觉。可如果跟踪的人是个行家,她察觉不出来也是理所当然的。

"但即便你真的想杀波香,也肯定不会用这种一眼就能被人识破的方法。也可以认为你是考虑到警察的逻辑,故意反其道而行之,但这样做风险很大,你办不到。警察应该也知道这一点,所以排除了你沏茶时下毒的假设。我也是这么想的。"说完,加贺看着沙都子又补充道,"当然,我一开始就相信不是你干的。"

太冷静了!沙都子想道。她原本设想,当她问加贺是否怀疑自己时,他会断然否定。然而他没有,他无论何时都以理服人,所以从不犹豫。而他最后补充的那句话,应该只是对沙都子的体贴。在真正的推理中,是没有"相信"或"不相信"之类的话的。

"所以就现阶段来说,我们不得不承认波香不可能被人预谋毒杀。但她也不是死于意外,排除下来,只能推测她死于自杀了。"

"还有一个依据支持自杀的说法,"沙都子直视着加贺,"在场的人都是我们最知心的朋友,你能想象是其中的谁杀了波香吗?"

加贺转起了眼珠,显然乱了方寸,这对他来说可是少有的事。他将目光从沙都子脸上移开,似乎是想稍作休息,向走过来的服务员要了热牛奶。

"最近很冷啊。"加贺笑了,只是眼睛中看不出任何笑意。他似乎是感到这样气氛只会更加沉重,立刻收起了不自然的谄笑。然后像是做好了什么准备一样,叹了一口气,小声说:"说到底,我们究竟对别人了解多少呢?事实上我们什么也不了解,不是吗?"

沙都子猜不透他想说什么，一语不发。

加贺接着说："波香或许是自杀的。不，应该说从现在掌握的情况看，自杀是最有可能的。可是她自杀的动机，我们却一点头绪也没有。我们应该算是她的好朋友了，但对真正的她一点也不了解。祥子也是一样。我们两个人，又能说对藤堂和华江他们了解多少呢？"

沙都子咬了咬牙。"我知道你的意思，加贺，你是——"

"我叫你来这里，就是想和你一起寻找真相，我只相信你一个人。还有一点，我对波香也抱有信心，我相信她绝不是那种会自寻短见的人。"

5

南泽雅子——我们的恩师，温柔和蔼，只要在她身边，全身就能被一种安心的感觉包围。

藤堂正彦——祥子的男友，高中时剑道社主将，无论何时都沉着冷静，成绩优秀，前途不可估量。

若生勇——带着点傻气的网球男孩，很会制造氛围，不论什么时候，有他在气氛就很祥和。

伊泽华江——若生的女友，像个从少女杂志里走出来的女孩，性格开朗，从不掩饰感情，哭鼻虫一个。

沙都子眼前浮现出同在雪月花之式上的另外四人的面孔。大家都是彼此交心、相互帮扶至今的好友。而现在，加贺却要把往事和友情全盘打翻，统统抛却。

"我也很难受，"加贺像是在辩解似的，垂下目光，"可是有些事情令我耿耿于怀，我无法睁一只眼闭一只眼。或许波香真的就是自杀，如果这样，我无论如何都要找到她这样做的理由。可在找到真相前，关于她是不是自杀，我想得出一个让自己信服的结论。如果仅仅因为没有他杀的可能就将案件归为自杀，那我会先努力论证她是否死于他杀。如果说无法证明，就再去寻找她自杀的理由。"

"可是，"沙都子紧张得喘不过气来，从刚才她就一直感到心跳很快，"如果，我是说如果，波香要是死于他杀，那你觉得杀人动机会是什么？"

"动机现在先不要考虑，"加贺像是说给自己听似的，"如果是他杀，杀人动机恐怕不是我们一时能想到的。超出想象的事对推理来说意义不大。"

或许是吧，沙都子心想，不管是出于什么原因，杀害密友这种事，对她和她的这些朋友来说是不可想象的。

"就跟刚才说的一样，我的目的就是论证以'不可能'为由草率地排除他杀的做法是否正确。但是反过来，就算找到了什么巧妙的杀人方法，也不能就这样认定她是死于他杀。这多少有些困难，但我觉得这是发现一切真相的必要步骤。"

"可是……我还是觉得她不可能被谋杀。"

"或许是这样吧，但我想先安下心来。现在我想拜托你一件事，你能再跟我详细说一遍当时的情况吗？从雪月花之式的开头说起。"

加贺认真地看着沙都子，沙都子敌不过他的视线，闭上了眼睛。不知为什么，她脑海里浮现出了波香那冷冷的笑容。若换成波香坐在这里会怎样呢？如果死的是自己，波香现在像自己一样跟加贺说着话……

"好,"沙都子下定决心,"不过你要先明白,我不想怀疑任何人。"

"我知道,我也一样。"加贺端起牛奶,像喝啤酒一样一饮而尽。牛奶不知是什么时候送来的,早已凉了。

沙都子从包里取出一支圆珠笔,在咖啡馆的收据上写下"波香、沙都子、藤堂、若生、华江、老师"几个字,是按照当时坐下的顺序来写的。(参照图5,第116页)

"一开始,大家按照往常的顺序就座,坐在借位上的是南泽老师。当然,那时你没在。然后传递折据,藤堂抽到了初花,便坐到了沏茶座上,老师随后坐到了藤堂的位置。座次就变成了这样。"沙都子说着,依次写下"波香、沙都子、老师、若生、华江、藤堂(花)"几个字。

"然后折据又传了一次,华江是'雪',老师是'月',我是'花'。我走上去,藤堂坐到我的位子上。接着是第三轮,若生是'雪',波香是'月',藤堂是'花'。然后就出事了。"

"原来如此。"加贺自言自语,双臂抱在胸前,紧皱双眉看着笔记。"果然是道难题。不管凶手是怎么下的毒,只要不能保证喝茶的是波香,一切都无从说起。"

"波香什么时候会喝茶,根本无法预测。"

加贺问道:"谁准备的茶具?"

"大家一起准备的,"沙都子答道,"确切地说,是我们几个女生准备的。"

"你还记得谁都干了些什么吗?"

"这可难倒我了。"沙都子忽然想到加贺的父亲是警察,果然,对他来说，拿黑色的警察手册比握粉笔更适合。

"预备茶和点心的是老师。"

"那是当然。对了，昨天的点心是什么？"

"落雁糕，这跟案子有什么关系？"

"不清楚。点心盘、烟草盘什么的又是谁弄的？"

"也没特意叫谁弄，谁想起来谁就弄了。从箱子里拿出茶碗和茶刷的是我，把落雁糕摆在点心盘里的是华江，整理折据和花月牌的好像是波香……"

那时波香就已经准备自杀了吗？还是说她做梦也没想到她会因为抽到一张"月"而中毒身亡？

"哦……"加贺陷入了沉思。

沙都子觉得他理所当然会露出这种表情——这次他全然想错了。

"这事推理起来果然很难。比起这个，我倒是想从调查波香入手。或许我真的对波香一无所知。"

加贺紧闭着嘴，食指咚咚地敲着桌子。沙都子真希望他赶紧抛弃那愚蠢的想法。

"情况大概明白了，"加贺最终开口道，却仍望着空中，"再想想吧，本来也没指望现在就能解开这个谜团。"

"不可能的东西怎么想都是不可能的。"

"有个学者曾经说过，"加贺改变了语气，半开玩笑地说，"相比于证明一件事存在，证明它不存在要更加困难。我深有同感。"

"可是到现在为止，我们也没想到任何可能的手段啊。"

"你这样说，"加贺嘴里含着药一般蹙额说道，"我倒是可以举出至少一种可能，比如俄式轮盘杀人。凶手事先把毒下在茶碗的某个地方,喝茶时只要不对着那个部位就没事,一旦对上就会中毒而死。"

"这太荒谬了!"沙都子有些动怒。她握紧水杯,透明的杯壁上起了一层水雾。"我怎么也不会想到那种方法!"

"在正常情况下,换了谁都想不到。"

加贺拿过杯子喝了一大口水,然后随意地放在桌子上,拿起账单猛地站了起来,催促道:"我们走吧。"

两人出了咖啡馆,打算随便走走。这时候,车站附近的闹市区正是一个好去处,到处都有跟他们年龄相仿、同样漫无目的的年轻人在闲逛,两人这样也不会显得与众不同。沙都子从没想过,她会怀着这样一种心情和加贺并肩走在这样的街上。

忽然,加贺停住了脚步,此时他们站在一家珠宝店的橱窗前。"对了。"

"怎么了?"

加贺看了看手表。"今天若生和华江比赛。"

"啊!"两人今天确实有比赛,可沙都子已经没有精力想起这件事了。这是那两人学生时代的最后一次比赛,他们一定会按原计划出场。

"我们去给他们加油吧。"

"这个……"沙都子心里是想去的,况且当初自己比赛的时候,若生他们也赶到了赛场为她助威。但她不知道自己还能不能心情平静地观看比赛。她踌躇着,或许是受了加贺的影响,她也萌生出了对若生两人的怀疑,也许正是他们杀了波香……抱着这样的想法,她还能稳坐观众席吗?

加贺似乎看穿了沙都子的心事。"我这么说虽然有些不合情理。"

他把手搭在沙都子肩上,"但事情要分开看,毕竟大家还是朋友。"

"朋友……唉。"是啊,可朋友又是什么呢?沙都子心想。"我还是不去了。"

加贺有些意外,扬起了眉毛,马上又点点头说:"好吧,我也不强求你。我决定去,你接下来准备干什么?"

"我还要再想想。"沙都子望着橱窗。里面摆着各种昂贵的戒指和项链,她的目光并没有停留在上面。店员注意到了他们。

"我可能会去一趟白鹭庄。"

"去波香的房间?"

"我想看看波香最后离开时房间里的样子,不过也不指望能找到什么线索……"

"哦。"加贺察觉到了她的心情,"这样也好,但我想这时候刑警应该在那里。"

"这也是我的目的之一,"沙都子看着他,"或许我能从他们口中知道些信息,而且,说不定那个调查祥子一案的刑警也在。"沙都子眼前浮现出佐山的容貌。那个性情古怪的刑警究竟会如何看待祥子和波香的两起案子呢?

"是为了打探情况啊,不愧是沙都子。"

"我也没法静静地待着啊。"

这时,珠宝店的女店员和善地笑着走了出来,或许是把两人当成了一对在珠宝店外犹豫的情侣。可她刚要开口,两人便一左一右走开了。

果然如加贺所料,白鹭庄里已经来了刑警。沙都子正准备进去,管理员便对她说:"你不能进金井小姐的房间。警察说了,谁都不能进去。"或许是因为房客接连死亡,管理员的声音显得心神不宁,脸色也焦躁不安。

"我什么都不动,就是去看看。"

沙都子央求着,管理员却使劲摇头说:"要是出了什么问题,担责任的就是我了。再说,你就算进去看了,又能怎么样?"

沙都子刚想申辩,管理员忽然把视线移到她身后,面无表情地轻轻点了下头。沙都子转过头,发现三个男子正站在一旁看着她,其中有两个是昨天询问她的刑警,另一个她不认识。那个男子有一张细长而神经质的脸,年近三十。沙都子觉得好像在哪儿见过他,但一时又想不起来。

"昨天真是非常感谢。"年龄稍长的刑警对她轻轻点头。年轻的那个则和昨天一样,双眼死死地盯着她。"你去金井小姐的房间有什么事吗?"

刑警话里有话。刚才加贺说过的话又在沙都子耳边响起:如果真的有人故意下毒,那嫌疑最大的就是你了。

"我只是想进去看看。"

沙都子的语气有些粗暴,但刑警丝毫没有在意。"来得正好,"年长的刑警看着一旁的年轻刑警说,"我们也让相原小姐看看房间吧,这种时候朋友可能会比兄弟看得更清。"

"是啊。"年轻刑警附和道,那个陌生的瘦子也点了点头。根据他的长相,再加上刑警刚才说的话,沙都子觉得他应该就是波香的哥哥。

波香的房间跟沙都子上回来时一样,门上还写着"居丧"。当初

145

波香写下这两个字时一定没料到竟会一语成谶。

"看样子,她是在这张桌子前化好妆,然后立即就出门了。"

刑警说的桌子是波香经常用的那张矮桌,上面竖着一面小镜子,各种各样的化妆品杂乱地放在一起。波香老是这样。沙都子带着怀念又感伤的心情看着这一切。她对这一切都记忆犹新。

"跟平时有什么不同吗?"

刑警漫不经心地来回踱步,脚边散乱一地的是波香脱下的毛衣和袜子,这点也跟平时没两样。

"金井小姐平时不记日记?"

"波香不是这种人。"像是波香哥哥的男子摇摇头说。

刑警打开了衣柜,里面夏装和冬装杂乱地塞在一起。事实上,波香很会把冬装和夏装搭配着穿,这可是出了名的。

也没什么特别的地方……沙都子正这样想着,移动的视线忽然停了下来。她看着一条放在柜子最边上的连衣裙。

"怎么了?"目光敏锐的刑警看到了她表情的变化。

"不是什么大事,"沙都子摇摇头,"只是……"

"只是什么?"

"这件连衣裙是她最近新买的,她很喜欢……"

"这又怎么了?"

虽被问到,沙都子却很难回答。即使解释,也不是三两句话就能解释清楚的。刑警肯定不会理解这一点。

"我在想,她昨天为什么没穿这件去呢?"

波香昨天穿的是一件深棕色运动衫,并不是最近才买的。

刑警听沙都子说完,轻轻摸了摸连衣裙,似乎不感兴趣。"这应该也没什么特别的原因吧，每天穿什么衣服都是按心情来定的，不是吗？"

"话倒是没错……"沙都子本来想说，在别的东西上没错，但在衣服上就不行了。波香买这件连衣裙，一定是要在雪月花之式上穿的，因为女生一般都会穿新衣服去参加聚会或赴宴。但这是个人感觉的问题，刑警应该很难理解。

接着，刑警让她看了看书柜和壁橱，每打开一个柜子都要问"有没有异常"。但没有一样东西能像那件连衣裙一样引起沙都子的注意。

"是这样啊。"刑警似乎本来就不怎么抱希望，见状朝年轻的同事使了个眼色，让他打开门。"真是麻烦你了。"

刑警语气温和，但撇着的嘴角明显透出一股让沙都子赶紧走的意味。沙都子再度仔细环视房间。波香住在这里时呼吸的空气，似乎原封不动地静止了。

"走吧。"年轻刑警催促道。

沙都子正看着桌子上的化妆品，都是些眼熟的口红、眼影、粉底、化妆水、乳液……

"啊！"惊叹声从沙都子呆呆张开的嘴里发出。

刑警本来已经穿好了鞋准备出去，闻声马上回头。"怎么了？"

沙都子没有反应，走到桌边，从一堆化妆品中拿起一个半透明的白瓶。她举起瓶子面向窗户，看着透光的瓶子自言自语："奇怪啊。"

刑警脱下鞋子走到沙都子旁边。"有什么不对劲？"

沙都子把瓶子的标签给刑警看。"波香一直用这种乳液，这一瓶她最近应该用完了，可是里面还有三分之一。"

刑警拿过瓶子，也跟她一样对着窗户看。"不会是她新买的吗？"

"新买的不可能用这么快,而且不觉得这个标签已经旧了吗?"

"确实。"刑警看着瓶子,眼神变得严肃起来,"你确定金井小姐最近用完了吗?"

"我确定。"沙都子断言道,"上次我在这儿住的时候,想借她的乳液用一下,可是已经没了。她还对我说:'本来想着要买的,却老忘。'"

"哦……"刑警凑近瓶子又看了看,接着把年轻刑警叫了过来,"拿去鉴定一下。"

"里面是什么?"年轻刑警接过瓶子,看着前辈和沙都子问道。

"不清楚,"年长刑警答道,"但说不定是氰化物。"

年轻刑警听后,紧张得绷住了脸,说了句"明白"便匆匆走出门下楼了。

沙都子心想,刑警一定是在找这个。只要在波香房间里发现了毒药,就能够支持自杀说了。

"说不定可以结案了。"刑警这话似乎透出一种石头落地的安心感,沙都子什么也没说。

沙都子下楼时,年轻刑警正在值班室打电话,那个疑似波香哥哥的人也早已在楼下,正无所事事地站在离他稍远的地方。年轻刑警注意到了沙都子两人,便手捂话筒叫过前辈。沙都子这时才知道年长刑警姓山下。

山下接过话筒,边观察四周边小声说话。这时,疑似波香哥哥的人走到沙都子身边,自我介绍说:"我是波香的哥哥,叫孝男。"他的声音平静而低沉。

沙都子也做了自我介绍。孝男表情稍稍放松,对她点了点头。

"我经常听波香说起你,你和她是高中认识的吧。"

"请你节……"

沙都子话未说完,孝男摆摆手打断了她。"不必客套了。我倒是想跟你谈谈,时间方便吗?"

沙都子看看手表,倒也没什么安排,便说:"嗯,有点时间。"

她话音刚落,山下也打完了电话,朝他们走过来。"感谢你们的协助,我们这就回局里了。要送你回去吗?"他对着孝男说道。

看来他们是开车来的。孝男说他还有别的事谢绝了。山下没再对沙都子说话便走了。

沙都子和孝男出了公寓,一起朝T大大道走去。孝男说想找个能慢慢聊的地方,沙都子便打算和往常一样去摇头小丑。

一路上,孝男问了许多,大都是关于波香最近的生活和死时的状况。沙都子几乎都答得含糊其词。她并非有意如此,而是不自信能答清楚。

沙都子从孝男的话中得知,除了波香,他别无兄弟姐妹。他们的父亲经营建筑业,这一点沙都子听波香说过。孝男现在也在协助父亲的事业。他说今天警察打来电话说要调查波香的房间,问家属能不能来一个人。父母正在准备波香的守灵仪式脱不开身,便由他来了。

两人进了摇头小丑,老板见沙都子旁边跟着一个陌生男子,瞪圆了眼睛。沙都子没有理会,径直走到最里面一张桌边,和孝男面对面坐下来。老板过来点餐时,听沙都子介绍说这是波香的哥哥,有些不好意思地挠挠头。

"波香也经常来这儿吧。"孝男环视一周,颇为感慨地说。对妹妹钟爱的咖啡馆,他能发出的感慨仅止于此了。"我觉得她不可能是自杀的,"孝男把刚送来的糖放进咖啡,忽然切入了正题,"她……"

"我也这么认为。"

沙都子表示认同,孝男却静静地摇了摇头。"你可能是从她的性格方面考虑的,我的意思跟你的稍有不同。"

"不同?是指……"

"我的意思是,现在不应该是她死的时候。"孝男喝了一口咖啡润润喉咙,接着说,"家父是个剑道家,所以他要求我们兄妹从小就练习剑道。在我记忆里,自打练剑起,我们基本上就再没玩过什么小孩子玩的游戏。家父好像很快就发现我没有什么天赋,对我也就没有怎么耳提面命。但他对波香寄予厚望,对她训练得很严,我见了就觉得可怜。对家父来说,我们的学习可以放在第二位,只要把剑练好了,干什么都可以。唉,不管怎么说,波香的生活方式就是如此。"孝男的表情忽然放松下来,笑容惨淡。

"她也有很固执的一面,说自己不喜欢逃避。总之,只要能因剑道扬名,她就不会有怨言。她似乎是真心想要夺取冠军的宝座。"

"我知道。"沙都子说。我都知道……

"她说一旦拿到冠军,便从此不再涉足剑道。家父为了一个虚名让她执剑苦练,浪费了她的青春。她大概想要对剥夺她青春的父亲进行报复吧。"

沙都子不禁打了个寒战。在剑道方面,她连波香的皮毛也不及。这是理所当然的事,她太强了。

"正因为这样……"密友哥哥的声音又低沉下来,"现在还不是她死的时候,不管遇到多痛苦的事,她都不会自杀。"

到头来,波香的哥哥也跟他的剑道家父亲一样,沙都子心想。

不就是剑道吗？但他们不这么想，甚至相信剑道有时会支配人的生死。沙都子无法嘲笑眼前这个男人，因为波香和他是一类人，表面看上去冷酷无情，内心却交织着理不清的固执想法。

"你为什么要对我说这些？"沙都子问。

孝男已经喝完了咖啡，把手伸向水杯。"我的意思是，我认为我妹妹是被谋杀的。从这个意义上来说，你也是嫌疑人。但我有感觉，这些人里我唯一能相信的就是你，所以我找你谈了这些。"

"谢谢你这么说。"沙都子垂下目光，她明白了孝男的意思。"你若问我谁比较可疑，也是白问。我正是因为不知道才这样痛苦。"

"我理解你的心情，可是……"

还没等孝男说完，沙都子便拿起了包，说："我不知道。你要是再追问，恕我失陪。"

见沙都子真的起身，孝男连忙比手势示意她坐下。"我知道了，那我换个问法吧。"

沙都子坐了下来，她其实也想听听孝男的说法。

孝男淡淡地开口说："说起最近波香的表现，你们一定会觉得与不久前死去的那位朋友有关。我的感觉倒不大一样，具体来说，我感觉自从一个半月前的个人锦标赛预赛之后，她的举动就有些奇怪了。"

"从那次比赛开始？"

"是的。她是抱着很大的信心去参赛的，当时就说一定会赢。你也知道，后来是那样的结果。她以前打输回家，都会对我乱发一通脾气，但那次却没有。说起来，也不见她灰心丧气，只是感觉她好像一直在想什么事。她在你们面前的时候没有这样过吗？"

"这……"

听他这么一说,沙都子觉得还真是如此,她回忆起自那次比赛之后,波香就根本不再参加剑道训练了,似乎也说过再也不碰竹剑。对了,好像就是那晚在波本喝酒时说的。那时候,沙都子还以为她只是一时冲动,没放在心上。尽管如此,波香会拿她哥哥出气还是让沙都子感到意外。在沙都子印象里,波香不论何时都不曾冲动乱来,就算输了,她也应该会独自咀嚼苦果。

"总之,那次比赛之后她就变得很奇怪。"孝男坚信自己的想法,接着说,"我想,当时除了输掉比赛,或许还发生了什么。你有没有什么想法?"

沙都子从未想过这个问题。一切都是因为祥子的死——这是沙都子一直以来的想法。况且,个人锦标赛比祥子出事早了一个月。

见沙都子没有回应,孝男有些等不及了。"可能是那次比赛本身就有鬼。"他的话里带着些许不平,"波香断言自己能赢,这绝不是自负。我不是偏袒她,但我觉得那场比赛的胜利确实是属于我妹妹的。三岛亮子那种肤浅的剑术绝对敌不过波香的气势,但结果却是那样,我简直觉得莫名其妙。当我得知她输了,都不敢相信。"

不甘心好像又在孝男的心中涌动,他用力握住杯子。沙都子看着他的手说:"很多人都是这么说的。"事实上,当时加贺也觉得很意外,连连摇头。

"是啊。"孝男有些满足地说,露出了赞同的表情,"我总有种强烈的感觉,那时的事一定是这次事件的导火索。"他认真地看着沙都子,"所以我想,如果能向你问到当时的情况,或许就能弄清些什么。"

"真对不起,没能帮上忙。"沙都子低下了头。

"不,请别放在心上。我只是一厢情愿,说不定最后一切都会落空。

只是事到如今，我真是遗憾当时没有亲眼看那场比赛。"

"你为什么没去？"沙都子刚才就想问了。

"当时是家父去的，波香输了的消息也是家父告诉我的。他当时很不高兴。"

"令尊说了什么？"

孝男长叹一口气，像早期电影明星一样耸耸肩说："他满肚子不高兴，就只说了句'比赛有假'，然后再没说什么。"

"有假？怎么会呢？"

"是啊，怎么会呢？或许他只是想表达这场比赛太出乎意料了吧。啊，已经过了这么久了，我们走吧。"

沙都子跟着孝男站了起来。因为是星期天，老板正闲着无事坐在吧台后面看报纸，见两人站起来，连忙起身送客。

"要是有什么消息，我会联系你的。"孝男说完便走向了车站。沙都子没有什么要去的地方，暂且朝着反方向走了。她打算边走边仔细想想这件事。

这时，一句话没来由地萦绕在她的脑际——孝男最后说的"比赛有假"。当时她并没有太留意，现在却觉得这句话正传达着什么重要的信息。她焦急地想要抓住那一瞬的感觉，然而刚才乍现的灵光，却像泡沫一样悄无声息地在她脑中破灭消失了。

6

波香葬礼的两天后，南泽雅子又把众人约到了她家。前一天，沙都子接到了华江的通知。当时是第四节课,老师在讲"近松"[①],两个人坐在阶梯教室的倒数第二排。

"老师说要我们明天去。"

"明天?太急了吧。"沙都子直视前方,微微动着嘴唇说道。讲课的小个子教授对课堂说话很敏感,一旦发现,必定要歇斯底里一番。

"老师说越早越好。"

"哦……"

南泽直接打电话到华江家,告知了聚会一事。虽然不好揣测老师的意思,但自从出事后她们还没去过南泽家,沙都子想这或许正是拜访老师的好时机。

"可能老师她……"华江把笔记本抵在鼻子上,遮住了嘴和下巴,"想安慰安慰大家。出事以后,大家看上去都有些不正常。"

"或许吧……"沙都子回答得很含糊。

第二天,沙都子赶到南泽家时,加贺和藤堂已经到了。两个人身边各放着一个小包,不知道干什么用。沙都子上前一问,他们说今晚要在这儿过夜。

"今晚我们要喝个痛快,聊个通宵!"藤堂拿出一个黑色酒瓶给沙都子看。这是一瓶进口威士忌,对学生来说相当奢侈。

"没人跟我说在这儿过夜啊?"

"留女生住宿会有许多麻烦,所以不敢让你在这里过夜。"南泽端过咖啡解释道。

---

①近松门左卫门(1653—1725),日本江户时代(1603—1867,一说1603—1868)的净琉璃(木偶戏)和歌舞伎剧作家。

最后若生和华江也到了。众人起初都板着脸,严肃的气氛一时难以解开。随着饮酒渐酣,大家终于畅谈起来。

"我想我们是不是想多了。"若生说道。他从一开始就喝得很快,始终在酒局中把握着主导权,即便在这种时候也充当着营造氛围的角色。"祥子和波香最后都是自杀的。我们都太执迷了,潜意识中认定她们是被谋杀的,就是这样让事情变得无比复杂。"

"这可不是执迷!"沙都子接过他的话。事情什么时候变成了这样?"我只是说,我们没能找到她们自杀的原因。"

"我们是朋友,可朋友终归不是自己,我们不可能完全了解。"

"可事后回想一下,就算发现一两个线索也不奇怪。"

"没发现也不足为奇。"若生说完,就着冰块喝了一大口酒。

"不过波香是自杀,这确凿无疑吧。"华江说完看着大家。沙都子则看着加贺,加贺好像谁的话都没听,只是默默地喝着威士忌。

"祥子也确凿无疑是自杀,我认为。"藤堂说道。

这句话似乎渗进了每个人心里,一时间大家都静了下来。

似乎为了打破沉寂,刚才一直在听的南泽雅子小声地开口了:"比如,我是说比如……"大家都把视线转向南泽。"比如我明天自杀了,大家会怎样推测我自杀的原因呢?"

"别开这种玩笑,老师。"藤堂轻轻摇着头。

南泽还是说了下去:"从某种意义上来说,我是认真的。我经常想一死了之,只是没有一个让我自杀的机缘……那么,你们告诉我,我为什么会自杀?"

五个学生再度沉默,端着酒杯的保持着端酒杯的姿势,低着头的保持着低头的姿势,沙都子也依旧看着加贺的侧脸。

加贺开口了："我相信老师是不会自杀的。"

南泽雅子眯着眼笑了。"我想到我先生身边去。当我自杀后，我希望大家能记得这个理由。"

沙都子感到了强烈的冲击，仿佛自己站在高楼的楼顶被人从背后狠推了一把。恐怕其他人也是一样的感觉吧。

"你们都知道，我至今仍深爱着我先生，但你们不知道我会因为爱他而自杀吧。所谓自杀动机，大概就是这样一种东西。自杀的原因，你们很容易知道。但这个原因究竟如何导致一个人选择死亡，除了本人谁都不会知道。"

"真孤独啊。"华江自言自语道。她的话正是时候，几个学生仿佛被救出深渊，脸上的表情缓和了下来。

夜渐深，不知还能否赶上末班车。南泽雅子让男生把沙都子和华江送到车站。沙都子由加贺陪着，而华江自然是若生护送。

"那么，藤堂，不好意思，麻烦你帮我烧洗澡水吧。抱歉让你一个人干那么重的活。"

"没关系，我喜欢干这个，挺有意思的。"

"老师，您还用着以前那个浴缸吗？"

"没了它我会寂寞的。"南泽微笑着答道。

华江问这个是有原因的。南泽家用的还是那种靠烧柴加热洗澡水的浴缸。平时南泽都是去公共浴室，并不用这个浴缸。沙都子他们曾多次劝说她改装成燃气热水器，但她总是拒绝，说这个浴缸是先夫所爱。就这样，这个浴缸只在有学生留宿时才会派上用场。

一行人朝车站走去。

加贺没怎么说话,他今天一直都在沉默。沙都子觉得自己明白其中原委:大家都想把事情归结到自杀上,他却想一直追查,直到得出让自己信服的结论,两种想法显然是不合拍的。他无法把这一想法说出来,今天这种气氛不合适。

"这样也不错。"加贺仿佛在自言自语,"我也想相信朋友。"

"你不用解释,"沙都子盯着鞋子前面延伸的影子,"我都知道。"

沙都子显得有些故作强势,虽然她并无此意。

若生和华江并排走在前面,他们的身影就像皮影一般。沙都子和加贺脚步很慢,若生和华江的身影渐渐离他们远去。平时跟加贺走在一起,沙都子都会因为他脚步太快而跟得上气不接下气,但今天加贺却像是被什么拽住了。

沙都子悄悄地看着他的侧脸,黑暗中,他锐利的眼睛反射着月光。在他眼睛里的,是走在前面的两人,还是留在南泽家的两人?

不,不。

沙都子暗自摇头。

或许,是我。

第四章

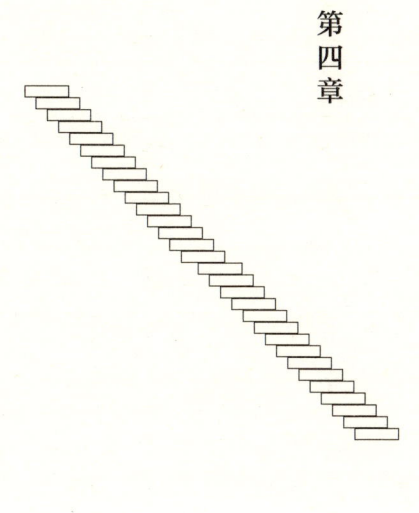

1

……以上就是十一月二日发生的雪月花案的概要。爸爸您曾学习过茶道,我想应该懂这方面的知识。事先下了毒,再让自己想杀的人喝下去是不可能的。可是在金井波香喝过的茶里确实验到了氰化钾。

按照常识来推理,下毒者只有两种可能:金井波香自己,或沏茶的相原沙都子。

但我确信,金井波香绝不是那种会轻生的人。就算自杀,她有必要在那样的场合、用那种方法自杀吗?

此外,我还确信相原沙都子不会杀害自己的好友。况且,使用这种方法杀人,第一个被怀疑的就是她自己,这连小孩子都知道。警察应该也彻查过相原沙都子周边,但毫无线索。

那真相究竟是什么?

借用以前说的一句话,凶手一定是用了一种难以想象的手法。这个手法究竟是什么?自从出事以来,我一直都在思考这个问题,但很遗憾至今也没找到一个像样的答案。凶手会不会是一个惯用诡计的人?

因此我想借您的才智帮帮我。

希望您能帮我想想,在雪月花之式上,凶手是如何按预定计划毒杀目标的。当然,以前应该没发生过类似的案子,但我相信您办了许多案件,一定会从不同于我们的角度来看问题。

我已经把我知道的一切都写在这里了,如果推理过程中还需要什么材料,请尽管吩咐。

我知道您现在很忙,但请您一定答应我这个请求。我等着您的答复。

恭一郎

又及:一个从老家回来的朋友给我带了瓶当地的酒,我放在厨房洗碗池下面的柜子里了。朋友说开瓶之后要尽快喝完,只是希望您不要贪杯。

加贺准备把信放在矮脚桌上时,内心夹杂着后悔和犹豫,但最后还是把信放下了。查清真相,这才是最重要的。

恳求父亲吧……加贺想着已经很多年没有求父亲做过什么了。上次还是考大学的时候,当时他曾恳求父亲让自己上大学。

加贺走出家门的时候,在玄关撕下了一页日历。今天是十一月十六日,事情已经过去两个星期了。

到达学校是十点左右,加贺没去上课也没去研究室,直接到了剑道场。他打算练到中午，下午就动身去东京。

剑道社活动室里只有森田一个人，他正看着漫画。看他穿着剑道服，加贺猜想他正准备训练，而与他对练的人还没来。森田见了加贺，合上漫画站了起来。

"明天就要比赛了。"森田紧张地说，仿佛明天出场比赛的是自己。

"能陪我练练吗？"

"乐意效劳。"森田把漫画放进自己的衣柜，拿起了竹剑。

"后来警察又来问什么了吗？"加贺一边换剑道服，一边聊天似的问。森田告诉过他，自从波香死后，警察已经多次来询问近况，但森田他们也没有什么能让警察高兴的线索。

"最近都没来。"森田答道。听他的口气，警察不来让他安心许多。

但加贺总感觉波香的死跟剑道社脱不了干系，因为他从两个女队员和一个新队员那儿知道了波香最近的奇怪举动。波香问过女队员："有没有队员的履历表？"也问过新队员："九月份女子个人锦标赛时，你在哪个地方看的？"当新队员回答"在助威席上"时，她竟找其他队员去验证。她究竟为什么要调查这些？

和森田对练时，加贺发现自己怎么也无法集中注意力，看来现在并不适合练剑。但明天就是全国锦标赛了。

练了约三十分钟，加贺发现沙都子从剑道场门口走了进来。加贺举起戴着护臂的右手向森田示意，喘着气说："稍微休息一下吧。"森田看见沙都子，大声打了个招呼。

"看你的样子是有事吧？"加贺取下面罩，用毛巾擦着脸。

"我不能去现场，所以今天来给你加油，明天就比赛了。"

"我怎么也进不了状态，唉，这也没办法。对了，你有什么事？"

加贺问道。

沙都子伸长脖子看了看加贺身后。加贺回过头,只见森田又回到活动室看起了漫画。

"我昨天去了波香家。"虽然离活动室足有十多米,沙都子仍然压低声音,加贺都快听不见了,"上次不是跟你说了吗,我们在波香的房间里发现了一个化妆品瓶子。昨天我听波香哥哥说,已经检测出里面是什么了。"

她说的瓶子,便是那个本该用完、里面却还有东西的乳液瓶子。这个瓶子让沙都子觉得奇怪,加贺最初听她说时,也觉得蹊跷。

"里面装着毒药吗?"加贺自然是在开玩笑,因为他不相信波香会自己服毒。但沙都子的回答却让他猝不及防。

"对,是毒药。"

加贺感到脸上一阵发麻。"骗人的吧?"他连声音都沙哑了。

"千真万确。"沙都子最初也十分震惊,但现在已恢复了平时的冷静,"里面的确是毒药,但跟我们想象的有出入,不是氰化钾。"

"你说什么?"加贺的声音在剑道场上回响,他匆匆回过头去。森田还是老样子,正看着漫画眯眼笑着。"那里面是什么?"

"砷。"

"砷?亚砷酸吗?"加贺脱口而出,他曾在哪本书上看到过,用砷杀人多半都使用一种叫"亚砷酸"的白色粉末。说不定是他父亲的书。

沙都子轻轻摇摇头。"详细情况我还不知道,据说那东西以前常被作为农药使用,因为残留性很强,现在已经禁用了……"

"农药……原来如此。"

会不会是砷酸铅？加贺又开始在记忆中搜索起来，这也算是受父亲的耳濡目染。

"为什么波香会有这种毒药？"加贺试探着问了一句。果不出所料，沙都子忧郁地皱起了眉头。

"警察也觉得不可思议，有的推测说那是为自杀准备的。可如果她已经有了氰化钾，应该已经够了呀。"

"按常理是这样。"

如果波香真的是同时拥有氰化钾和砷化物这两种毒药，那跟找到砷一样，找到氰化钾也不足为奇，但是到目前为止，根本没有这样的消息。

"这或许就是整件事的关键所在了。"加贺舔了舔嘴唇。

"对了，"沙都子眼神有些犹豫，她平时很少会这样，"最近你跟谁说过这个吗？"

这个"谁"似乎是指在雪月花之式现场的人。

加贺轻咳了一声。"没有。"

"嗯，我也没有。"沙都子一脸忧郁，仿佛把事情瞒着大家已然是一种罪恶。

"这是没办法的事。虽然你努力破案，但说不定别人也正怀疑你呢。"

"真让人伤心。"

"这是一种考验。"

不知是否因为加贺说的这个词有些过时，沙都子苦笑起来，夹杂着一丝惊讶。为了一扫阴霾，她往上拢了拢头发，语气坚定地说："明天一定要加油哦！"说完便快步沿着走廊出去了，黑色的裙摆被风吹动，轻飘飘地晃着。

加贺回到原处，慢慢捡起了竹剑，"考验"这个词不经意间又在耳畔响起。

怎么就随口说了句这么无聊的话！

仿佛为了忘记这个，他胡乱挥舞着竹剑。

在食堂吃过午饭，加贺拿着竹剑和护具走向校门。刚出校门他便停住了脚步，那辆熟悉的红色雪铁龙映入眼帘。

对了，她说过要把我送到市区。

今天是星期六，直到上周，每到此时他都去警察局剑道场练剑。如今比赛终于临近，本不再需要乘坐这辆车，但之前在训练时，三岛亮子说了要送他去市区。

加贺朝车里看了看，却没有她的身影，只有那副还算眼熟的墨镜被随意地扔在驾驶座前方。

他站在那儿等了差不多十分钟，亮子还是没有出现。

真拿她没办法，这个大小姐！

加贺把竹剑和护具放在车旁，又走进校门。

加贺估计亮子多半去了剑道场，没走两步，却意外地在网球场前面看到了她。加贺走过去的时候，她也正好从铁丝网边走开，朝校门走来。网球场里有好几对网球社队员在训练，若生和华江也在。两人在上次的大赛上得了亚军。

三岛亮子脸上一副少见的沉思模样，但她一见加贺走过来，又立刻露出平时那种好胜的目光。"这还是你头一回来找我哦！"

"你在这儿干吗？"加贺说着朝她身后的网球场看去。

"没什么，看看罢了。我也会打网球啊。"

"你真厉害。"加贺朝校门原路返回，视线再次转向网球场。不知是偶然还是有意，若生也朝他这边看，两个人眼神交会在一起。可距离太远了，加贺看不清若生的表情。

"秋川说我要是能果断一些就能胜出。"三岛亮子坐到驾驶座上，一边发动引擎一边说，"只是我的力量不够。"

"秋川预计你会拿到什么名次？我听说你进了前四。"加贺问道。

上周日，全国剑道锦标赛学生组女子比赛先于男子比赛举行，三岛亮子取得的成绩如加贺刚才所说。

"我没直接去问，但事实上我取得的成绩可远远超出了他的预想。"三岛亮子得意地把墨镜往上推了推。

"哦，又令他出乎意料了啊。"加贺本想借此挖苦她，但她没有理会。

过了一会儿，亮子问道："对了，那件事有结果了吗？"她明明对此颇有兴趣，却故意一副无所谓的口气。

加贺想引她着急，便说："什么事？"

"就是那个呀，"亮子打开雨刷扫掉挡风玻璃上的灰尘，"金井死亡的案子，莫非，她真是自杀的？"

"若是自杀又怎么样？"

"不怎么样，这跟我又没关系，只是问问而已。"

"她在地区预选赛中输给了你，若是她太在意这个而自杀了呢？"加贺猜想亮子的眼神会立刻不安起来。

"胜败乃兵家常事啊，再说金井真有这么神经质？"

"当然不是。"加贺对着正前方说道。

亮子倏地看向加贺，加贺见她撇了撇嘴。"好像一度有人说她是被谋杀的，后来呢？"

"唉，谁知道呢。"加贺这句话一半是在佯装，一半也是发自内心。事实上他根本不知道警方的动向，最近连警察的影子都没见到。除了波香的案子，他们还有许多其他案子，说不定是去查别的了。

"有的报纸大肆渲染什么'茶道室杀人案件'。不过说起来，你还得好好谢我呢。"

"我要谢你？"加贺正在模糊不清的车窗玻璃上乱写，闻言停手道，"为什么？"

"那天正好是去警察局练剑的日子吧，所以你没赶上那个什么茶会。如果你没有迟到而是一开始就在那儿，你也会被当成嫌疑人的。"

"所以我就要谢你？"

"是啊。"

"哼，那我也可以说，我没能赶上茶会，所以没能亲眼看到波香死亡，因此才不得不问别人究竟是怎么回事。要是我当时参加了，就能亲身经历那……"说到这里，加贺忽然感到脑中有一股电流划过。他立刻陷入沉思，任凭亮子咒骂什么都听不到了。

太粗心了……

加贺暗骂自己糊涂：真是个笨蛋！

如果那天自己赶上了茶会，雪月花之式就会有七个人参加了。而事实上以前每年都是七个人参加，六个人参加是个特例。问题就出在这里。七个人变成了六个，难道凶手的计划就没变吗？

有两种可能。

第一，凶手的计划不管是七人还是六人都能实行。就算情况有变，凶手也能马上调整。

第二，凶手的计划若不是六人就无法实施，而凶手事先就知道参加雪月花之式的只有六人。

加贺睁开眼。他刚才不知何时进入了闭目思考的状态。"喂，停车！"

三岛亮子惊奇地抬起眼说："忽然说什么呀？我还以为你睡着了。"

"我要下车，快停车！"加贺想尽快继续推理，他需要纸、铅笔和安静的空间。

"不行，马上就到了。"

"那我跳车了！"

"现在时速八十公里，你有把握不死就跳。"

"可恶！"去你的飙车！加贺心里咒骂着，朝着挡风玻璃就是一拳。

2

比赛当天下起了雨。连日的艳阳让人感觉不到正值十一月，人们对这场绵长的雨期盼已久。

加贺拿着竹剑和护具，独自走进日本武道馆的入口。森田等人组成的学校啦啦队今天上午才会到东京。

"我是T大的加贺恭一郎。"他在接待处自报姓名。负责接待的学生有些吃惊，抬头看着声音的主人。加贺在学生剑道界可是小有名气。

加贺换衣服之前看了看赛程表，出场选手一共四十九人，已经有十五人因首轮对手弃权而直接晋级，但加贺并不在这些幸运者之列。

在更衣室换衣服时，有人拍了拍他的肩膀。要是森田，那未免也太早了，加贺这么想着回过头去。是个熟人，一张娃娃脸上笑容满面。

"矢口，好久不见。"这人是M大前主将，光看那张脸根本看不出他练就了一身上段攻击的好本事。"怎么愁眉苦脸的？你可是夺冠热门啊。"

"练习得不够啊。"

"你吗？你都这么说，难怪今天这么重要的日子会下雨了。今年要是不夺冠可就暂且得跟'全国'二字无缘了。"

参加全国剑道锦标赛的选手出场资格定在六段以上了。

"来日方长，我还是好好充充电吧。"

"你这么说，莫非真是因为那个？金井的自杀让你分心了吧？"

矢口人是不错，就是说话口无遮拦。

"连大阪都知道了？"

"是啊，我都吃了一惊。那么好强的一个女生……看来没能晋级全国大赛对她打击太大了。"

在剑道界的核心圈子里，几乎没人知道波香，但剑道界跟加贺有来往的人都熟知她。用他们的话来说，剑道社里美女太少了。

"唉，不过我也不是理解不了她受打击的心情，毕竟她有那么强的实力。我们队里的清水半决赛的对手是三岛亮子，她赛后说，若对手是金井波香，可绝对没么容易就能赢。"

清水和矢口同在 M 大,她是剑道社的女队主将,在这次的全国大赛上稳稳地摘得了银牌。加贺说了些祝贺的话,矢口却皱着眉摇摇头说:"撇开比赛的质量,这个结果确实是不错。但我们本来期待的是一场激烈的决赛,清水却在眨眼间就输掉两分,彻底败下阵来。若对手实力超群倒也无话可说,可事实并非如此。"

"这是常有的事。"

剑道通常就是以一瞬间的气势来决定胜负。

"这确实是常事,输了再说什么都无济于事。问题是在这之后,清水那家伙发了一大通牢骚为自己辩解。"

"哦?她说了些什么?"

输家为自己的失败辩解也是常有的事。

"还不是那几句老话,说什么比赛快开始时忽然不舒服,气势和力量都不在状态。我就呵斥她要她爽快点认输。女生可真是,这点事都想不开。"

矢口说着,似乎又怒火中烧起来,声音越来越大。加贺趁他尚未进一步发作,匆匆换好衣服离开了更衣室。

开幕式结束,选手回到各自座席上,此时,森田和另外五个队员已经到场了。

"昨晚没睡好吧,眼睛都红了。"

"没事,说不定我昨天睡得比你们还好。"加贺虽这么说,可事实上他昨天在旅馆整晚都沿着在三岛车上悟出的一丝灵感思考雪月花之谜。到现在为止,推理虽然毫无进展,但他已然坚信,朝着这个方向思考一定会找到答案。

"第一场的对手是 A 大的山内。"森田跟昨天一样,还是一副紧张的表情。

"你认识吗？我没见过他。"

"他是大三的，特点是从来不跟对手节奏一致。正因如此，他能在对手缓慢出手前进攻。"

"你还挺了解的。"

"我中过他的招。"

A大的山内确实用了这套打法，整场比赛都充满着绝不让出主导权的气势。加贺决定忍耐住，在这种情况下，利用对手不可一世的心理是最有效的战术。第一回合接近尾声的时候，加贺抓住对方胡乱击打自己面部的时机，击中他的前臂得分。山内由此更加急躁。在第二回合一开始，加贺便躲开了山内针对自己前臂的贸然攻击，漂亮地击中了他的面部。

"原来要这样。"加贺回到座位上时，森田摇着头佩服地说道。

第一场比赛稳扎稳打地取胜，加贺也好像变得更加灵活起来。第二场比赛，他借着对手的破绽，轻松地得到两分获胜。这时已到了午饭时间。

加贺一边吃着旅馆的饭菜，一边听旁边几个女队员闲聊。在刚才第二场比赛中，加贺的对手是其中一个女生高中时的学长，这成了她们聊天的话题。

"说老实话，你到底为哪边加油？"女队主将丝毫不在意加贺会不会听到，这样问道。

"嗯……这个嘛，"那个队员顿了顿，坦承道，"我当然认为学长是赢不了加贺的，但他如果能赢，我就能很神气地说：'这可是我的学长！'"

的确是这样啊。加贺表面上装作没在听，心里却暗自赞同这番话。学校剑道社的队员多半是从高中开始练剑的，所以日后在赛场上常能见到同学或学长。这种时候，在怀念往昔的感情下，自然可能会想给故人加油。

"你是哪所高中的？"女队主将穷追不舍。那个队员迟疑了一下，说出了母校的名字。这所学校加贺曾有耳闻，但女队主将似乎没听说过，只是"哦"了一声，应道："哎，既然进了同一所大学，就不能再眷顾高中时的关系了，这才是正经。"说着她摆出一副"正经"的样子。

这句话似乎并未引起大家注意，但加贺却忽觉脑中有了一些线索，它们渐渐成形，终于浮到了意识的表层。

"嗯？不会吧……"加贺喃喃道。几个女生正聊得起劲，根本没注意到他说了什么。

第三场比赛，加贺一分压胜。第四场苦战到了加时赛，最终还是赢了，总算晋级了四强。去年他也打到了这一步。

"你怎么了？刚才的比赛打得很艰辛啊。"加贺在休息室擦汗时，矢口走过来耍笑道，他也进了半决赛。"不会受到金井诅咒了吧。"

"或许吧。"这一点也不好笑！加贺心中暗自想道。

加贺半决赛的对手是个姓杉野的高个选手，进攻时总是将剑高举后下压。加贺也不矮，但因为对方从上方攻击，他不经意间就把手抬高了，前臂被对方精准地击中。一名裁判立刻举旗，但幸好未被判为有效进攻，真危险。

双方继续激战，陷入相持状态。加贺想抓住空隙跳起进攻，但很难出手。若贸然后退，就可能被杉野跳起来击中面部。

比赛进入加时，双方仍几度僵持。加贺看着杉野的眼睛，可以看出，杉野正在思考制胜的计策。

他要挑开我的剑。

加贺坚信，对手的想法往往跟自己一样。

两人拉开距离时，加贺果断出击，挑开了杉野的剑。杉野显得有些慌乱，从手上动作就能看出，他平衡渐失，这是这场比赛中他第一次露出破绽。

加贺只感觉自己击中了杉野的面部，三名裁判立刻全都举起了旗。

"刚才真是好险啊。"森田早已在选手席上等候，脸都紧张得有些发青了，"不愧是杉野，上次还得了亚军。"

"他不可能让我轻易取胜。"加贺的汗已经滑进了眼睛里。

"要喝点运动饮料吗？"

"给我倒点吧。"

森田拿起一个不锈钢水壶，把盖子取下，往里倒进一种半透明的液体，递给加贺。加贺一口就喝掉了一大半。这是近年流行的一种运动饮料，因为能很快吸收而备受青睐。

"决赛的对手是矢口吧？"森田拿过盖子，边盖边问。

"那家伙很有气势，不出意外应该就是他了。"

在加贺的眼前，另一场半决赛开始了。矢口正施展着他擅长的上段攻击。他的对手是个九州的学生，和加贺也交过手，攻击前臂和面部时速度很快。

与对手的快速攻击不同,矢口的战术显得比较冷静,主要以攻击面部来压制对方。在相互牵制中,比赛的紧张感越来越强。面对数度参加全国大赛的矢口,九州的选手显得有些急躁,动作渐渐失去章法。在向前进攻时,他被矢口击中了前臂。

于是决赛成了加贺和矢口之间的对战。

赛场鸦雀无声,两人蹲下行礼后起身。矢口快速地将竹剑由中段位置举到上段。这个瞬间通常是对手进攻的好时机,但只要稍一疏忽就会自讨苦吃。矢口正是用这个动作当诱饵让不少人吃了苦头。他们都想趁隙进攻,结果却是自掘坟墓。

加贺平举竹剑,剑尖对准矢口左拳,用"平晴眼"的姿势来应对。加贺深知矢口不是用小花招就能对付的对手。

矢口忽然单手持剑击向加贺面部。加贺躲闪后就近发起进攻。矢口前臂被击中,加贺腹部被击中,双方都未得分。

两人稍一分开,矢口又单手持剑攻向加贺的前臂,攻击力有些不足,但仍十分犀利。加贺果敢地向前一跳,施展刺喉剑法。但两个人都差了一步,未能击中对方。随后,矢口见缝插针,双手握剑向下砍来,动作迅捷,仿佛能听见剑刃破空之声。

加贺的额头渗出汗水,流过鼻子,滑向下巴。

面对咄咄逼人的矢口,加贺左右手交互握剑,巧妙地化解他的攻势,同时一边窥伺进攻的时机,一边缩短两人的距离。

这时,加贺找到了进攻的机会,他立即提剑直刺矢口喉部。矢口则攻向加贺前臂。加贺转而攻击矢口的腹部,继而再次刺喉。矢口晃动起来。

就趁现在!

加贺接连攻击矢口的前臂和面部,却离形成有效攻击还差一点。他再度出击……

就在这一瞬间,加贺感到头盖骨上轻微地一震,但真正的巨大打击是在之后。

三名裁判都举起了旗。武道馆内欢呼声和叹息声交错,震撼全场。只见矢口微微扬起右手示意。

不好,中计了!

加贺一直告诫自己,一味进攻是比赛的大忌,但他确实是"心甘情愿"地被矢口的诱饵骗了。更确切地说,他一开始就明白那是个陷阱,本有对付陷阱的自信才咬上诱饵,可现在已经落后一分了。

为什么进攻没能奏效?

为什么?为什么?加贺重复着毫无意义的问题,似乎所有运动员都会这样。谁也不能怪,这就是实力,加贺告诉自己。自己的身体状态良好,刚才矢口说的那种忽然身体不舒服的状况也没在自己身上发生。

就在这时,加贺忽然又感到一股电流从头盖骨划过,但这次的冲击是在大脑内部产生的。

莫非波香是……

"开始!"

第二分的争夺开始了,裁判的声音把加贺拉回现实中。与此同时,矢口双手握剑击向加贺面部,像闪光一样迅速。加贺刚才吃的就是这样一击。

"对呀……"加贺在面罩后面自言自语。他感觉谜团的一角现在好像被揭开了。竟然是在这个时候!加贺相信,一定是波香的抱憾之情传到了自己身上。

如果我的推理正确,那波香在九泉之下一定还未瞑目。

加贺迅速后退,拉开距离,矢口似乎稍感意外,没有继续紧逼。双方相互观察着,时间在一分一秒流逝。

加贺缓慢而慎重地扬起手腕。这是危险的一搏,但除此之外别无办法,时间应该快没有了。

波香,我一定会为你报仇!

两人都将剑举过头顶,形成了所谓相上段的局面,场内顷刻沸腾了。

在相上段的情况下,竹剑之间互不触碰,所以很难抓住进攻时机,向前移动时必须稳重而谨慎。一旦机会出现,就必须拿出比对手更猛的气势积极进攻。

加贺发动进攻了。他单手连续攻击矢口的面部和前臂。矢口也毫无拖延时间之意,主动应战。他攻向加贺的左腹,但错过了时机,于是又将剑尖下转,攻向加贺的前臂。加贺果断后退,矢口紧随而上,又是一记面部攻击。

加贺决定孤注一掷,边后退边向矢口前臂击去。他感觉击中了对方,可会不会是相互同时击中?

两名裁判举起了旗。几乎同时,比赛结束了。

比赛延时三分钟。

加贺定好了作战计划。要是以相上段相持,对矢口是有利的。刚才舍身一击,只不过是奇袭成功,这次应该行不通了。

办法只有一个。

两人再度蹲下行礼。直到起身,两人始终看着对方的动作。随后,两人持剑平举。

加贺盯着矢口的眼睛。刚才出乎意料的上段攻击似乎让矢口颇为困惑,但现在他已恢复了冷静。比起一个血气方刚的对手,一个冷静的对手更可怕。

不能犹豫,现在不是犹豫的时候。

竹剑相交,裁判就要喊出口令。

胜负在此一举。

"开始!"

加贺一口气跳了起来,脚踏地板的声音在场内回荡。矢口还没摆出上段攻击的姿势,加贺能够落剑的时机只有这一瞬间。

"击中前臂!"

在这一瞬,加贺什么也没听到。他本想着矢口还会反击,但矢口并没有打过来。直到看到对方面罩后沉稳的笑容,他才明白自己赢了。声音从耳里苏醒过来,逐渐变大,包围了他的全身。他感到好像过了很久,主裁高举旗子的画面才映入眼帘。

颁奖仪式在肃穆的气氛中进行。当场上响起"冠军,加贺恭一郎,T大学"时,加贺完全没有什么真实感。直到把奖状拿在手中,听到宣布矢口为亚军时,才感到心底有什么东西不住地涌动,就像潮水一般。

在一片热烈的掌声中,加贺把奖状和奖杯高举过头顶,身体如同在燃烧。一片火热之中,加贺在心中默念道:沙都子,这次是波香让我赢的!

3

星期一,加贺钻进摇头小丑那个狭小的入口时,刚过下午两点。弯腰走进时,他感到颈背处阵阵疼痛:昨天确实喝过头了,到现在酒精的作用还没消失殆尽。

老板一见加贺立刻说道:"恭喜你了!"接着努了努下巴指向里面一张桌子,"从早上就在那儿等着了。"那是加贺他们几个伙伴常用的桌子,沙都子正一个人坐在那儿。

"恭喜你!干得漂亮!"

"都是托波香的福。"

"波香?"沙都子收起笑容。

加贺从沙都子身上移开目光,看着吧台说:"老板,麻烦来杯咖啡。"

"可是,你居然能在矢口面前用上段攻击,这个战术很厉害,不是吗?"

加贺把右手摊在沙都子面前,直言道:"今天我不想谈剑道。"

"为什么?我就是为了听才来的。"

"说这些简直是自夸。"

"这有什么?自夸又何妨?"

"不,我现在要说的事比那个更重要。"加贺说完看了看周围。刚过正午,正是顾客渐多的时候,但他们附近的座位都还空着。"你说跟波香的哥哥碰过面,对吧?"

"对啊。"

沙都子告诉过加贺,她跟刑警碰面,继而进了波香房间。

"那时他哥哥说,'自从个人锦标赛预赛之后,波香的举动就有些奇怪了'?"

"是啊。"沙都子疑惑地点点头,思忖着加贺为什么忽然说起这个。

"那之后,我想了很久。那次比赛后,波香不知什么原因,确实像是失去了对剑道的热情。她有时也会忽然对某件事莫名其妙地冷淡下来,但在比赛这件事上,她应该比任何人都更有干劲,夺冠的愿望可能比我还要强烈。那么,那次比赛究竟发生了什么?可惜我们什么都不知道。如果是不甘心输给三岛亮子,她就应该比过去更加用功练剑。我想波香一定会这么做的,对吧?"

"我也这么觉得。"

"那场比赛上到底发生了什么?直到自己出场前,我一直在思考这件事。终于,就在昨天,我忽然觉得我知道了。"

"怎么回事?"沙都子问道。

加贺舔了舔嘴唇。"波香一直对自己输掉比赛抱有疑问吧?"

"你是说她一直都觉得自己不可能输?"

"不,是更具体的疑问。"加贺稍稍歇一口气,这时老板将咖啡端了过来。浓香的蒸汽从杯中腾起,加贺凑近闻了闻,什么也没加,喝了一大口。"波香可能认为,整场比赛从头到尾都有人在幕后操纵。"

"操纵?"沙都子皱起眉头,"怎么操纵?"

"用药。"

"药?"

"她应该是在比赛前喝下了什么药,那药可能会让身体乏力。"

"怎么会……"

"那场比赛引起了很多人议论，多数人都觉得很出乎意料。特别是波香到后半场忽然发挥失常，更是引人注目。"

"你仅此就推断她是喝了什么药，这不是乱来嘛！又没有证据！"

"有过类似的事情。"

加贺把从矢口那儿听来的事告诉了沙都子：M大的清水在比赛前身体忽然不适，她以此为自己辩解过，说实力因此没有发挥出来。

"清水在决赛中意外地被轻易击败，这事我也听说了，可是她跟波香也没什么关系啊。"

"你知道清水在半决赛时的对手是谁吗？就是那个三岛亮子。波香跟三岛亮子对战时没有发挥出实力，而M大的清水在跟三岛对战后，发觉自己身体不适。你能简单地说这只是偶然吗？"

沙都子双臂抱在胸前，像传统的名侦探一样，用食指和大拇指托着下巴。"你是说在那两场比赛前，三岛亮子都给对手下了药？"她不经意间用了"下药"这个旧说法。

"她给波香下药那次，药效很及时。而对清水下药，效果恐怕有些延迟。"

"可她是怎么让她们喝下药的？"

"问题就在这里，"加贺停顿了一下，喝水润了润嘴唇，"那场比赛后，我听说波香每次去剑道社，都会调查一些奇怪的事情。"

"我听你说过。"

"她问有没有队员的履历表，又抓着一个大一队员问了许多奇怪的问题，总之一切都很莫名其妙。但是如果考虑到这个假设，一切就都可以说通了。"

"怎么说？别卖关子了，快说吧。"

加贺没想卖关子，只是因为说话说得比较兴奋，并且昨晚的酒还残留着些许酒力，嗓子已经干了，需要咖啡润润喉咙。

"那个大一队员毕业于 S 高中，而三岛亮子也是 S 高中毕业的。若考虑这一点，你应该能猜到我想说什么。"

沙都子一脸愕然地望着加贺。"你是说，三岛亮子让以前的学弟帮她下药？波香是为了找到那个下药的人，才想从履历表中调查从 S 高中毕业的人？"

沙都子说完，好像忽然想起了什么，咽了口唾沫。

"想到什么了吧？"看到沙都子这个反应，加贺满意地抬眼看着她。

"我应该跟你说过波香哥哥说的事吧。就是波香的爸爸看了比赛以后说'比赛有假'。"

加贺打了个响指。"就是这个，事实上我也想到了那件事，所以今天来这儿之前先去了趟波香家，问过了她爸爸。"

"你问了她爸爸？"

"是啊，见了他，跟他交流了一下，而我对自己的推理也更有自信了。"

加贺又点了一杯咖啡，说起了当时的情形。

上午十一点，加贺到达车站，坐上跟学校方向相反的电车。昨天在从东京回来的电车上，加贺决定今天要去波香家。

从加贺家出发去波香家尚且要一个小时，若从 T 大前站出发更是要换三趟车，大约需要两个小时。距离这么远，依波香的性格，自然不会住在家里，每天这么往返。

波香父亲经营的建筑事务所是一幢两层建筑，上面挂着"金井建筑公司"的牌子，后面便是金井家。加贺到她家时，波香的母亲先是一愣，继而微笑着把他迎了进去。加贺表明想和波香的父亲聊聊，波香的母亲说他应该一会儿就回来吃午饭，并问要不要打个电话叫他现在回来。加贺客气地婉谢了。

两人聊了聊昨天比赛的事，大约过了三十分钟，玄关传来了开门声，波香的父亲金井惣吉回来了。波香的母亲迎过去告诉他加贺来访，接着便听到金井惣吉大喜过望的声音响彻整个房子。他大步走进客厅。

"真是打扰你们了。"

"哪里，应该先恭喜你！"惣吉穿着事务所的夹克，矮胖浑圆的身体往下一坐，沙发便陷了下去。他的平头上增加了几根白发，但脸色明显比为波香举行葬礼的时候好了许多。"干得真不错！下回可就是挑战全国锦标赛成年组了。"

"嗯，我会努力的。"

加贺高中学剑时曾受过惣吉的启蒙。或许是看到了加贺的天分，当时惣吉指导得很是热心。正因如此，这次加贺夺冠对惣吉而言也是一个好消息。

两人交谈一阵后，加贺巧妙地引开了话题："多想让波香也看看啊。"

不出加贺所料，惣吉落寞地说："嗯。"脸上的皱纹显得更深了。

"后来警察说过什么吗？"

惣吉轻轻摇头。"好像进行了很多调查，但现在一点头绪都没有。

说是也有他杀的可能,可这样一来也就怀疑到了相原和藤堂身上,怎么可能是他们杀了波香!"

加贺一时语塞,因为照他的推理,背叛朋友的人就在他们几个之中。

"对了,我从相原那儿听到了一件事。"加贺问起惣吉"比赛有假"的事情。惣吉从夹克口袋里取出香烟,点上一支,脸色有些不悦。

"也不是说比赛有什么假,只是我无法接受在那场比赛上看到的一切。"

"您的意思是……"

"我想你也知道,比赛时,三岛已经相当疲惫了,而且她剑法的特点就是靠不断移动来寻找时机。波香只要沉住气,以静制动,趁对方疲惫时乘虚而入,就能不费吹灰之力取胜,但波香没有抓住机会。对方并非没有破绽,可即便是在最佳的时机,波香也没有出手。看到如此丢脸的比赛,我不能不怀疑其中有假,所以我才会那么说。"说着说着,也许因为心中的遗憾再次被唤起,惣吉把还剩三分之二的香烟在烟灰缸里摁灭。加贺看着想,这也是波香的习惯性动作。

"不愧是金井六段,观察得这么仔细。"沙都子说。

"更何况场上是自己的女儿。"加贺补充道。

"那这件事就正合你的推理。"沙都子盯着什么也没贴的墙壁,"你觉得谁会是下药的人?还有,这跟祥子和波香被杀有什么关系?"

这句话戳到了加贺的痛处,他撇了撇嘴说:"问题就在这儿。首先得找到下药的人。我一直坚信这一系列事件必然存在某种联系。"

"唉……难题依旧没有解开。"沙都子垂下了眼帘。

离开摇头小丑,在学校上完第四节课,加贺没有去剑道场,而是径直去了车站,这对他来说可是少有的事。今天他想去一个地方。

要到那儿,必须倒一次电车,然后再倒公交。

加贺在入口处买了一捆线香,在手提桶里注满水,静静地走进墓地。夕阳把西边天空染得通红,大大小小的各种墓碑的影子诡异地摇晃着。或许是星期一的缘故,四周没见一个扫墓的人。

好像就是在这附近了。

这是加贺第二次给波香扫墓,上一次是和沙都子一起来的。

他在墓地中走了几步,发现了块两米高的气派墓碑,看到它,加贺便记起来了:好像就是从这儿往右拐。他刚要转身便停住脚步,匆匆藏了起来。波香墓前有两个熟悉的身影,若生和华江。

那边传来啜泣的声音,估计是华江。她好像边哭边说着什么,但加贺听不清楚。

"别太放在心上了。"若生的声音清晰地传了过来,"波香不会是那样的人。"

又是一阵华江的呜咽声,加贺还是听不清楚她说了什么。

"走吧。"若生说道。

加贺感觉到两人脚步渐近,忙把身子弯得更低。他屏气凝神,只见华江在若生的搀扶下从他身边走过,华江急促的呼吸声传进耳朵。

两人走远后,加贺来到波香墓前。眼前几根线香好像刚点上火,飘着几缕细细的烟。

加贺洒过水,点上香,双手合十。他今天来这里,是要告诉波香自己在全国大赛上夺冠的喜讯。

就算是这样，谜团还是太多了，波香。

加贺合掌，回想着一连串的谜团。

祥子的案子，你知道些什么吗？

凶手、动机、作案的手法，一切都还未解开。特别是弄不清凶手出入白鹭庄的方法，这是延误推理的主要原因。

然后是你的案子。

这个案子的特点也是作案手法不明，因为这点没有解开，现在连你是自杀还是他杀都无法判定，而且还要确认"比赛有假"与你的死有没有关系。

"你倒是说点什么呀……"加贺对着墓碑喃喃道。波香一定知道什么，但现在，她显然不会回答加贺任何问题了。

"下次来的时候就是疑团解开的时候，真希望如此。"加贺把桶里剩余的水一口气全洒了上去。

回到家还不到七点，外面已经很暗了，玄关的灯依旧没有打开。他和往常一样摸黑进了屋里，打开日光灯。矮脚桌上和以前一样放着一张纸条。跟往常不一样的是，那张纸上的字很多。

局里让我回去一趟，可能在那儿留宿。

字条的开头这样写道。

什么叫"可能在那儿留宿"！加贺愤愤地想，每次都写"可能"，却没有一次见他回来过。

接下来的内容却让他把牢骚抛到了九霄云外。字条里这样写道:

　　关于你留给我的"作业",到现在还没有解出来。只是回想起了经历过的一些事,就写在这里吧。
　　我从没有参加过雪月花之式,但在学习茶道时,曾参加过几次花月之式。我想你应该知道,在花月之式中,用花月牌决定的只有沏茶的"花"和喝茶的"月"。参加花月之式的共有五人,牌也是"花""月""一""二""三"五张。步骤跟雪月花之式一样,前一轮没有抽到"花"或"月"的人必须在后一轮中从折据里抽牌。也就是说,后一轮的折据里有"花""月"和一张数字牌。这就跟那次雪月花之式不同,后一轮抽牌的人不一定都会充当"花"或"月"的角色。
　　事实上,以前在花月之式上,我们曾用手法故意让某个人始终抽不到"花"或"月"。那时跟我一起学习茶道的人中,有一个人很会变戏法,他便是这个恶作剧的始作俑者。我已经记不太清当时为什么要那样做了,可能就是一时兴起吧。我们的茶道老师是个漂亮的寡妇,有人试图接近她,我们就是为了捉弄那人才使出这一招。毕竟那时我们还年轻。
　　当时那个恶作剧很轻易就成功了。那个人不管怎么抽始终都是数字牌,一次也没轮上沏茶或喝茶。茶会结束后我们还好好笑了一番。
　　这个戏法说穿了其实很简单。下面我就将方法写出,也不知道能不能对解开这个谜团有所帮助。但我认为,要想操纵由花月牌得出的结果,除了这个别无他法。

加贺完全沉浸在字条里，都忘了坐下。字条上写的戏法确如父亲所说，根本没什么大不了，甚至可以说是个很幼稚的方法。但他在思考这次的雪月花案时，根本就没有从这个角度想过。

　　就算如此……

　　加贺思索着，拿着字条的手颤抖起来。

　　原来爸爸也做过这么无聊的事。

　　他拿着字条赶忙跑向电话，匆匆转动起拨号盘。话筒里响起了电话接通的声音，一遍，两遍……加贺苦苦压抑着内心的兴奋。

　　有人接起了电话，听声音是个年轻男子。加贺自报姓名，对方立刻便知道是找谁了。

　　"喂？"

　　加贺一听到声音便立刻滔滔不绝地说起来："沙都子吗？是我。有事跟你商量，明天见吧……明天早上，九点行吗……在摇头小丑？不行，见面之后我还想去个地方，去小丑不方便。对了，去上次那个地方吧，是叫记忆吧……什么？你也有事？先见面再说吧。我要跟你说的可是雪月花之谜……"

4

　　沙都子来时，加贺已经在记忆咖啡馆等了五分钟左右。并不是沙都子来迟了，而是加贺来早了。

沙都子披了件灰色夹克，穿着黑色紧身皮裙，随意地围着围巾。加贺见状不由得开玩笑道："你是要去看比赛吗？"

"我是来听有意思的事的。哦，我要奶茶。"沙都子从肩上拿下包，对服务员说。

"有没有意思可得听一听才知道，现在刚刚找到突破口。"加贺说着，从运动衫的口袋里掏出一张对折起来的纸，"虽然不知道这个跟波香的事吻不吻合，但确实有这样一种方法。"

加贺展开那张纸递给沙都子。那正是昨天父亲留下的字条。

事实上，折据里放的全是数字牌，除了要捉弄的那个人，其他人都是我们一伙的。我们手里都拿着"花"和"月"，各自报"花"和"月"的顺序都是事先定好的。那个人怎么也不会想到我们大家都串通好了，更不会想到我们准备了好几组花月牌。

沙都子抬起头，示意已经读完，她的眼神明显跟刚才不一样了。

"从没想到吧？"加贺问。

沙都子把字条还给他，点点头说："可是，这方法怎么套到雪月花之式上面呢？按这里写的方法，事先放进折据的不是花月牌，而是数字牌。况且在这件事上，绝不可能大家合谋，因为我就与此事无关。"

"确实就像这上面说的，现在还不知道能不能把这个方法用到雪月花之式上。雪月花之式远比这个复杂，凶手最终得让波香喝下毒药，就必须让她当场抽到'月'。由于任意抽牌的规则，没有别的方法能让她抽到某张特定的牌。所以波香抽牌的时候,折据里必须全是'月'。"

看父亲的字条时,加贺就觉得自己太不中用。怎么就没注意到这一点呢?那时他断定只有"雪""月""花"和数字牌,没有从别的角度思考过。

沙都子像在努力整理思路,双手捂着脸,发出不规律的呼吸声。不久,她调整好呼吸,声音像感冒了一样。"可是疑点实在太多了。"她正要把疑问说出来,加贺打断了她。

"我知道,"他答道,"你想说的我都知道。从目前来看,还不能找到令人满意的答案。但我觉得推理的方向只有这一个了,而且,如果不决定出一个方向,就不会有任何进展。"

沙都子没有马上说什么。她每喝一口奶茶就思考片刻,重复了两三遍后,她转动眼珠看着加贺说:"那……你接下来准备怎么办?"

加贺回答:"我要回高中。"

"高中?干什么?"

"去茶道社看看,你也很久没去了,一定想去看看吧。说实话,毕业以后,那儿的剑道场我倒去过几次,茶道社还一次没去过。"

"虽然有些啰唆,可我还是想问你去那儿干什么?"沙都子的声音变得有些尖锐,加贺脸上的表情也跟着变得有些僵硬。

"如果凶手确实是额外准备了好几张花月牌,你觉得他会从哪儿弄呢?"

"从哪儿弄?应该是茶具店吧?"

加贺沉思着。"如果我是凶手,可不会这么干。你想想,一个月能有几个人到茶具店买花月牌?这样很容易被店员记下相貌。凶手应该不会去那里买的。"

加贺说到这儿,沙都子击了下掌。"我明白了,所以你才要去茶道社。"

"对。"

"这样,我也知道你为什么约我出来了。因为我在茶道社里熟人多,对吧?"

"随你怎么说。"加贺拿起账单,站了起来。

加贺和沙都子的母校是县立R中学,它以高升学率闻名当地。校舍由法国人设计,建筑四面都是玻璃墙,在周围的城区中独放异彩。

"我总觉得有点不好意思。"沙都子走进校门时皱眉说道。

这时恰逢午休,穿着校服的学生正各自享受着午休时光。已是北风渐凉的时候,操场上却仍有人在拼命跑圈。加贺心想,不久前自己也是这个样子,如今看着他们却像在看异类。

茶道社活动室设在文化社团楼里,打开门,铺着榻榻米的房间出现在眼前,里面还有一个简易壁龛,三个女生正围坐在一起吃便当。加贺想起这个场面以前也见过,那时这里坐着的是沙都子、波香和祥子。通常会由波香发问:"有何贵干?"接着另外两人会露出不欢迎的眼神。而现在,其中的两个人已经不在这世上了。

三个女生齐刷刷地朝他们看过来,其中一人夹着炸可乐饼正要往嘴里送。

沙都子和颜悦色地自我介绍了一番,加贺心知她是在努力让三个女生放下心来。沙都子的努力有了效果,三个女生像是消除了戒心,腾出位子,加贺和沙都子在入口处坐下了。

沙都子先是问了些茶道社活动的事,都是些无关紧要的话,接着若无其事地问道:"对了,你们还练雪月花之式吗?"

加贺在一旁听着,觉得事情进展得很自然。

"雪月花之式吗?"坐在最右边的栗色长发女生开口了。从刚才的聊天中得知,她就是现任社长。她似乎感到一个人不好作答,便朝同伴看去,低声问道:"最近练过吗?"两个女生似乎想把发言权推给她,只摇了摇头。

"道具都还齐备吧?"

"应该是。"

"最近这段时间没借给过别人吗?"

栗发女生再次转头询问,然后回答:"应该没有吧……"这个女生说话有点语义暧昧,或许这个年龄的人都是这样。

"能让我们看看吗?"加贺忽然说道。

也许是问得太过突然,三人的表情一下僵住了。加贺没有理会,接着说:"我们想看看。"

栗发女生犹豫了一阵,听到沙都子说"拜托了",于是立刻起身去取。

柜子在房间一侧,茶具之类的东西全都放在里面。栗发女生翻了一遍,找到了。把东西取出来时,她忽然轻轻"啊"了一声。

"怎么了?"另外两个女生总算有一个开口了。栗发女生不知为何有些慌张,盯着柜子。

"出什么事了?"沙都子问道。

那女生脸上微微泛红,回答:"没有了。"声音小得几乎听不见。

"没有了?"加贺的声音似乎有些严厉,女生吓了一跳。

女生用托盘拿来三个折据，三个折据上都蒙着一层薄薄的灰尘。加贺见了，心中不禁感慨：南泽老师在茶道社的时候可从来不会这样。

"花月牌本应该都放在里面的，可现在都没了。"

"让我看一下。"加贺看了看三个折据，里面果然空空如也，这里本该放着"雪""月""花"和六张数字牌。

"难不成是……"坐在最左边的圆脸女生战战兢兢地开了口，"不久前玻璃窗被打碎的时候……"

另外两个女生咽了一口唾沫，看来是想起了什么。

"窗户玻璃？被打碎过？"沙都子挨个看着三个女生，"怎么回事？"

栗发女生一脸被老师呵斥的表情说道："有天早上，我们来的时候就发现那边的玻璃窗被打碎了。原想是不是有窃贼进来，可查了一下发现好像也没丢失什么。就觉得可能只是谁在恶作剧罢了……"她的声音越来越小，最后都听不见了。

加贺看了看窗子，那里已经没有了被打碎的痕迹，但看得出有一块玻璃比其他的新。

"当时没注意到花月牌不见了吧？"

听到沙都子的疑问，女生无力地点点头。"要偷的话，一般想到的都是偷茶具茶碗之类的……"

"那是什么时候的事？"

"应该是上个月了。"

"再准确点呢？"

栗发女生和同伴嘀咕了一阵，说："是十月的最后一个星期三。所以窗子应该是在星期二晚上被打碎的。"这句话难得回答得毫不含糊。

加贺和沙都子对视了一眼。这可是重大线索:如果失窃的花月牌被用于在雪月花之式上使诈,凶手必然无法证明十月最后一个星期二晚上不在这里。

"谢谢,你们可帮了我们大忙。"沙都子不假思索地说。

几个女生不知道她们帮了什么忙,只知道忽然来了个自称社团老成员的人,问了一堆莫名其妙的问题就走了。

"我们得赶快调查大家当天是否在那里。"

"我可不想干这差事。"

"我来。"

但他们并没能马上着手去办这件"不想干的差事"。刚走出社团大楼,佐山已经在那里等候了。他依旧穿着那套灰色西装。

5

"您什么时候开始跟踪我们的?"刚走进学校附近一家咖啡馆,加贺就问道。这家咖啡馆非常明亮,墙壁雪白得令人不自在。这是加贺和沙都子以前经常光顾的地方。

"一直都跟踪着。"佐山一副理所当然的口气。他靠着墙壁坐下。墙上贴着贴纸,上面用蓝色和粉色的油性笔写着各色吸引高中生的冰激凌果冻和可丽饼的名称。鲜艳的色彩跟佐山那一身熏黑了一样的西服毫不搭调。佐山接着说:"要说跟踪,我跟踪的也不是你,而是相原小姐。"

"那天所有参加了雪月花之式的人都被你们盯着吗？"

佐山一脸和气地对沙都子说道："如果金井死于他杀，你们就都是嫌疑人，被跟踪也是当然的。"

"是啊。"加贺认真地看着佐山问道，"那有什么结果吗？谁比较可疑？"

"没有，"佐山摇摇头，"现实就是，还没有哪个侦查员收获到有价值的情报，但我除外。"

"您的意思是说今天就是一大收获了？"

"正是如此。那么请你们告诉我，今天为什么来这里？"佐山说完喝了口咖啡，不满地说，"怎么这么淡，果然是对付高中生的。"

加贺把自己的推理简短地讲了一下：凶手操纵雪月花之式，在茶事中途使诈。他们怀疑凶手为此可能从母校茶道社弄来了花月牌，于是两人查到了这里。

虽然加贺本不想都说出来，但他明白，隐瞒也没有意义，警察只要去茶道社一问，就能立刻查到他们去干了什么。

佐山显得非常吃惊。"有人使诈操纵雪月花之式？原来还能这样。那你们查到什么了？"

"还弄不清，"加贺答道，"但茶道社的花月牌确实被偷了。"

"这样啊……我明白了。我们还会去那里正式取证，调查窃贼进入茶道社活动室的情况。"佐山飞快地在记事本上写着什么，或许在写"去 R 中学茶道社调查取证"。

"能问您几个问题吗？"加贺问道。就算是被拒绝，他也准备坚持问下去。佐山合上记事本，简短地回了句："请说。"

"既然佐山先生也在着手调查雪月花案，看来警方是认为波香的死和祥子的死有关,对吧?"

佐山耸耸肩说:"你们不这么认为吗?"

"到底有什么关系?"

"两起案子关联到的始终就是这么几个人,如果能发现除此之外的相关人员,那案子就能解决了。至少我这么认为。"

"那波香自杀的说法呢?报纸上说自杀的假说比较有说服力。"

"嗯,甚至可以说是最有说服力的。但要认定这个说法还必须解决两个问题:一是她为什么要精心设计这么一出'自杀剧';二是她在白鹭庄杀人案中扮演了什么角色。如果能找到确凿证据证明她是凶手,本部的意见就会立刻倾向自杀说。"

加贺察觉到佐山故意强调了"本部"二字。毋庸置疑,他是持不同意见的。

"还有,波香的房间里发现了砷化物,那事怎么样了?"

"消息挺灵通嘛。进展也就到此了,大家都解释不了她房间里为什么会有那种东西。稍有说服力的观点是,这或许是她为自杀准备的。"

"除了波香自杀的假设呢?有没有他杀的可能?"

佐山取出一支烟,拿店里的火柴点上。"正如刚才所说,毫无收获。"

"最值得怀疑的人是谁?"

"大家都是。"佐山对这个问题显得有些不耐烦,"大家都有嫌疑,但从某种意义上说,大家又都没有嫌疑。先撇开什么谜团不说,一个封闭房间里发生中毒案,当然在场的每一个人都会有嫌疑。但调查至今,谁都没有杀人动机,只有一种假设能解决这个矛盾。"

"杀害祥子的凶手就在这几个人里，而且被波香知道了身份……"

"不愧是警察的儿子！"佐山说着，把乳白色的烟雾吐向天花板，"我们推想凶手就是因此杀了金井。"

"要说杀人动机，也只有这一点了。但从杀人手段上来看呢？警方对下毒的手法有什么眉目吗？"加贺故意语带挑衅，但佐山看起来没有理会。

"本部那边考虑过下毒的方法，结果还是倾向于认为相原小姐嫌疑最大。虽然这个推理平淡无奇。"

"的确平淡无奇。"加贺故意强调了他的惊讶，边说边用余光看了看沙都子。她一直沉默地听着两人对话，听到刚才的话更是连头都低了下去。

"但沙都子杀了祥子，而后又被波香发现，这种推理并不成立。因为白鹭庄一案发生时她不在现场。"

"你是说她当时正在一个叫波本的酒吧喝酒吧？"

"您一定确认过了吧？按你们的话说是'对证'。"

"确认过了。所以光从这些来看，我们根本无从下手。"

"凶手出入白鹭庄的方法找到了吗？"

"你真是问得我喘不过气，今天这种状况我还是头一次碰到。嗯……关于那个密室杀人嘛，你解开了谜团？"

加贺摇头否定："我可没瞒您什么。"

佐山苦笑道："我不是这个意思，我只是想，如果你哪天解开了，能不能指教一下？"

"这样啊，我明白了。"

"那我告辞了。"佐山拿着账单站了起来，"往后我们也公平地交换信息吧，我们也有诸多地方需要借助你们的力量。"

"真的会公平吗？"加贺对着他的背影问道。

佐山头也不回地说："你们只能相信，别无选择。"他走出店门后不久又折返回来，在门口探头说："我都忘了，恭喜你在全国大赛上夺冠。"

这天回到家，加贺独自向雪月花之谜发起了挑战，桌子上的一张纸上写着：(图 14)

    1. 波香、沙都子、藤堂、若生、华江、老师依序坐下。
    2. 传递折据，藤堂抽到了"花"。
    3. 藤堂沏茶。座位顺序变成：波香、沙都子、老师、若生、华江。再传折据，沙都子是"花"，老师是"月"，华江是"雪"。
    4. 沙都子沏茶。座位顺序变成：波香、藤堂、老师、若生、华江。再传折据，波香是"月"，藤堂是"花"，若生是"雪"。

接着事情就发生了。

按照加贺的推理，折据传到波香手里时，里面的牌已全部被调包成"月"。

如果是这样，在波香之后抽牌的藤堂和若生也应该抽到"月"，但事实却没有。不过即便如此，也不能说这个推理就不成立。

如果藤堂和若生都是共犯，加贺心中产生这样一个假设，两个人抽到的都是"月"，却声称是"花"和"雪"，谁都想不到他们会在报牌时撒谎。

图 14 加贺恭一郎的笔记
　　(1) 按顺序就座

　　　　波香　沙都子　藤堂　若生　华江
　　○⊠折据
　　点心盘　　　　　　⌣　　　　　　老师

　　　　(2) 传折据

　　　　波香　沙都子　藤堂　若生　华江
　　○　□　　□　　□花　□　　□
　　　　　　　　　　　⌣　　　　　　□老师
　　　　　　　　　　　　　　　　　　⊠

　　　　(3) 藤堂沏茶，传折据

　　　　波香　沙都子　老师　若生　华江
　　○　□　　□花　　□月　□　　□雪　⊠

　　　　　　　　　⌣　□藤堂

　　　　(4) 沙都子沏茶，传折据

　　　　波香　藤堂　老师　若生　华江
　　　　□月　□花　□　　□雪　□　○　⊠

　　　　　　　　⌣　□沙都子

199

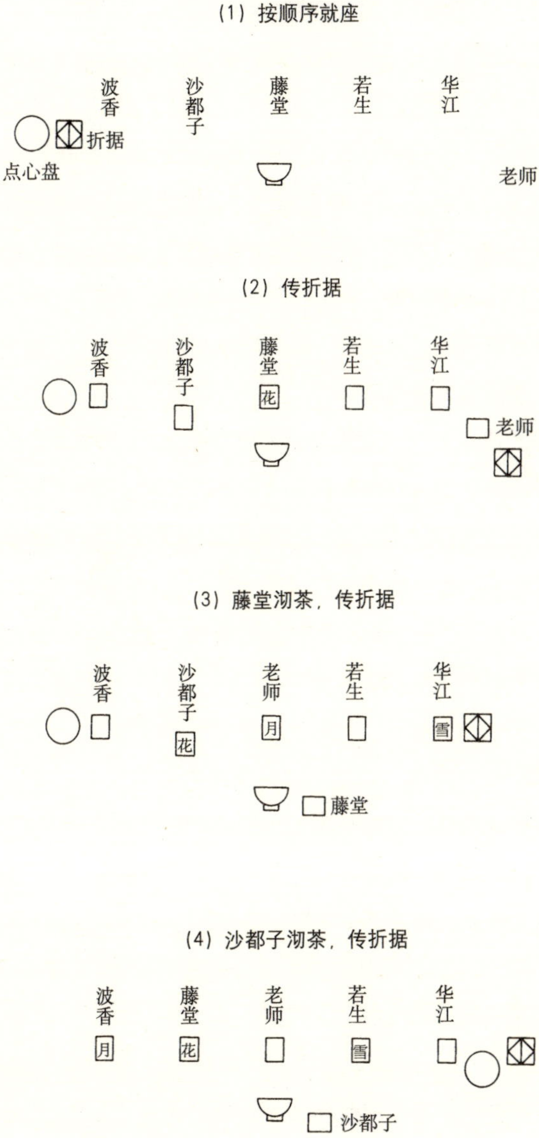

问题是,牌是在什么时候被调包的?

加贺思索着谁在波香之前动过折据,那个人如果是藤堂或者若生就对了。

不对……

加贺对着自己的记录抱头冥想。在波香之前动过折据的是沙都子,之前她抽到了"花",所以要把那张牌替换成数字牌,她在那个时候翻动了折据里面的牌。

有两种可能。一是沙都子、藤堂和若生都是共犯;二是人为操纵花月牌这个推理本身就是错的。

不,有人操纵了花月牌是毫无疑问的,加贺心想。母校茶道社的花月牌不正失窃了吗?如果是偶然,是不是过于巧合了?

那就是三人同谋了……不,没这种可能。加贺摇了摇头。沙都子不可能杀波香,我只想相信这一点。

全无答案。

加贺呈大字形躺在榻榻米上。

几天后的一个傍晚,加贺和数日未见的若生和华江碰了面。两人正在摇头小丑的吧台旁喝着热可可。

"我以为你故意躲着我们呢。"若生为加贺腾出空位,"老板说你还是一如既往地来这儿,看来是我多虑了。"

"我干吗躲着你们?"加贺在若生旁边坐下,要了一份热牛奶。

"有人说你不信任我们。"

"谁说的?"

若生没有直接回答,望着摆在老板身后的威士忌说:"刑警来过了。问了我们在某个古怪时间里的行踪,上个月第五个星期二晚上。"

十月原来有五个星期二,加贺思忖着。

"母校的茶道社里进了窃贼,花月牌被偷了。你不是推理说凶手拿了花月牌,使用障眼法让波香服下了毒药吗?"

原来如此,应该是从佐山那儿听来的。"我只是想到有这种可能性。"

"波香是自杀的,除此之外别无可能。"

"谁能证明?"

"你要实实在在的证据,我就给你一个。花月牌被偷的那个晚上,我和华江是和其他网球社队员在集训地露营过夜的。因为那周周日就要比赛,我们要做最后的准备。问问别的队员就能知道,我们究竟能不能神不知鬼不觉地溜出集训地,到 R 中学行窃之后再回来。"

加贺冷静地看着若生动个不停的嘴,内心判断着若生和华江是否真有不在场证明。

"还有,仅仅多备了几张花月牌,我们又怎么诱使波香服毒?"

"若生,够了。"见若生的声音越来越大,华江把手搭在他的肩上说道,"加贺只是客观地分析事情,你不也说过不相信波香会自杀嘛。"

一阵沉默。若生像独饮闷酒一样,把杯子里的水一饮而尽。

这天晚上,沙都子打来了电话。

"喂?"听得出沙都子的心情并不好,"今天我被刑警叫去了。"

"是问你第五个星期二的行踪吗?"

"我没法证明我那天半夜不在现场,很伤脑筋,但其他人好像都证明了自己的清白。"

"我已经知道若生和华江都不在场。"

"藤堂也是，他那天整晚都跟教授和几个学生在研究室。无法证明不在现场的只有我和……"

"老师吗？"怎么会！加贺暗想。

"嗯……加贺，后来我想了很多，可还是觉得无论怎么操纵花月牌，要让别人按自己的意愿抽牌都是不可能的。你说过，折据传到波香手里时，里面应该都被换成'月'了，可在波香之前拿到折据的是我呀。要是你相信我，那折据里面的牌被调包就是不可能的，谁都办不到。还有，关于下毒的方法，今天佐山也说了，至今还不知道毒药是通过什么手段被放到茶碗里的。"

"所以呢？"加贺问道。她想说什么？"你是觉得波香或许还是自杀的吗？"

"不是。"电话那头沙都子的声音中夹杂着噪音，或许她正在摇头，"波香不会自杀，这个想法我始终都没有改变。但我们能因此认为想杀波香的人按计划杀了波香吗？我觉得不从根本上改变思考方式是不行的。"

6

波香已经离世一个月了。十二月的一天，加贺坐在雪铁龙的副驾驶座上，望着今冬漫天飞扬的初雪。

"你至少穿身西服来呀。"

三岛亮子一边调整雨刷一边说道。她穿着一身纯白礼服，至于是什么牌子，加贺全然不知，只知道价格一定不在他的想象范围之内。加贺穿的还是那件运动衫，这并非是要彰显个性，而是他只有这一件。

"算了，还真像你的作风。"

坐在左边的亮子露出微笑，加贺并不喜欢这表情。

每逢岁末，当地的剑道高手会举行一次交流会，加贺每年都在受邀之列，但一次都没去过。在他看来，这不过是几个小有名气的剑道同仁相聚一处进行的自娱自乐。不只是剑道，所有的运动都是依靠大多数默默无闻的参与者在底层的支持而延续下来的，如果忘记了这一点，还谈什么交流会！

但加贺今年不得不参加。他在全国大赛上夺冠，成了这次交流会上最不可或缺的人物。再加上邀请他的是在警察局剑道场上教授技艺的秋川，更是无法推却了。

"既然是剑道家之间的交流会，我还以为会在哪个料亭举行呢。"据亮子所说，交流会设在一家高级酒店里，是一次冷餐会。"听说还有漂亮的女侍。"

所以你才穿这么漂亮的礼服跟她们一比高下吧。加贺心想，但没说出口。

加贺打算借此机会打探出亮子打败波香的方法。他推断亮子一定用了什么手段让波香在比赛前喝下了某种药物，问题就是这个手段。她自然不可能亲自下药，应该是命令别人去干的。那个人会是谁？

若只是一味追问，她一旦否认，就前功尽弃了，而且反而会引起她的戒备，更难抓到她的把柄。有什么巧妙的方法能让她说实话呢？加贺一直在思考这个问题。

途中一路绿灯,红色雪铁龙停在了一家高级酒店门口。车刚停住,一个看上去像是交流会负责人的男子便走了过来。此人浑身散发出一股发蜡的气味,对三岛亮子说了一大堆客套恭维之辞。看来三岛集团的势力已经触及剑道界。随后,此人收回对亮子的谄笑,一脸狐疑地看着加贺。

"这是加贺恭一郎哦。"亮子用带着鼻音的撒娇声介绍道,仿佛是在展示一颗刚刚到手的宝石,虽然宝石上有些瑕疵。

那人想了一会儿才反应过来,但他只是改用看某种稀有动物的眼神看着加贺。

两人进去时,会场已经十分热闹,胸口别着缎带的人们谈笑的身影随处可见。加贺冷眼旁观,猜想他们一定是在相互吹捧着自己受邀参加这场交流会的事。

三岛亮子在这种场合也是一副公主模样。她刚一站定,上前问好的男人便络绎不绝,她不可能不摆出一副傲慢的神情。问好的人里既有学生,也有大腹便便的中年男人。

"那场比赛真是精彩呀!"跟三岛亮子打过招呼后,不少人也会向加贺搭讪,眼前说这句话的男子便是其中之一。他比练剑道的人要矮小,脸色苍白。"能看到用相上段一决胜负,真是不虚此行。"

"谢谢。"

但这类人一般会继续说一通多余的话:"如果是我,就不会这么做。我会摆好姿势,仔细观察对方的动静。"

这时,加贺便会说:"是啊,下次您跟矢口对战时,就请这么做吧。"这会让对方立刻感到不快。或许是因这种态度,加贺虽有全国大赛冠军的光环,但主动接近他的人很少。

"看来你不怎么高兴啊。"一个单手端着酒杯的人走过来搭话道。加贺第一次看见此人西装革履，没能立刻认出，但对方的眼神一如既往地犀利。

"秋川先生，您看上去很高兴嘛。"

"我跟你一样。比起这里，剑道场才能让我感到自在。剑道是格斗技能，虽然不需要对手之间反目成仇，但一团和气地喝酒也不合我的性格。"

"深有同感。"

加贺朝三岛亮子看去。一个看上去根本不适合练剑道的肥胖男人正一边用手帕擦汗，一边对她满脸堆笑。

加贺一边吃熏鲑鱼一边嘟囔："简直跟明星一样。"

"谁让她父亲是三岛集团的高层人物呢。那个点头哈腰的胖子在三岛集团的子公司担任要职，据说他为了拍马屁，在自己公司的剑道队上花了不少功夫。但他终究不是三岛家的人，还不知道什么时候会被开除呢。瞧，他来了。"

加贺和秋川都摆出一副不认识他的表情，胖子却堵在了两人面前。

"哎呀哎呀，这不是去年的全国总冠军和今年的学生总冠军吗？两个人并肩而站，真是壮观啊。"胖子根本没注意到两人已背过脸去，他从内侧口袋里掏出名片。"名片上的就是敝人，是敝公司剑道队的，嗯，也算是个负责人吧。"

这是什么负责人！加贺兴味索然地看了看名片。细田则夫，很难说这个名字跟他的身材相匹配。公司是……

"本地能有这样的实力派，真可谓幸运至极啊。请务必到敝公司的剑道队来传授技艺。当然,我们可不是让二位做义务劳动,只要肯赏光,定以厚礼相赠……啊,加贺先生,请等一等。"

加贺没有理会细田的喋喋不休,快步穿过了会场。三岛亮子正在前方被几个学生围着,谈论着全国大赛的事。加贺拨开这些学生,抓起亮子的手臂。"跟我来一下。"

"你弄疼我了!干吗呀?"亮子皱起眉头,抬眼看着加贺,却慑于加贺的眼神,一时说不出话来。

"跟我来,有话跟你说。"加贺再次拉过她的手臂,但有人挡住了他,是 K 大的一个姓儿玉的男生。

"喂,住手!她可是个女生。"

"我跟她有话说,请别挡道。"

"有话就在这里说。"

"我可是为你着想。要不让我们找个没人的地方,要不你就把这些跟班的赶走!"

"你别嚣张,加贺!"儿玉一把抓起加贺的衣领,力气极大,"稍有些名气,你就得意忘形了?"

加贺瞪着他,右手仍抓着亮子的手臂。"你给我走开,这里没你的事!"

儿玉露出一副凶神恶煞的表情。加贺瞬间被打飞,撞到了后面的桌子。他用左手挡住了儿玉的拳头,但这丝毫没有减小拳头的力度。

儿玉再次猛扑过来。桌子被掀翻,响起一连串餐具落地的声音,随即传来女人的尖叫声和男人的怒喝声。

我可没想闹成这个局面!加贺边想边挥起拳头。

7

"真不像话！"沙都子看着加贺说道，眼神就像是女教师在瞪着淘气的孩子。加贺立起夹克衫的领子，把脸埋在里面。脸已经消肿，但伤口还在。两人坐在电车里，加贺尽量避免跟别人眼神相对。

"听说你大打出手，怎么会闹成这个样子？"

"当时在气头上。"即便只是说话，加贺也感到脸颊上一阵抽痛。

"真难得见你那么冲动，告诉我为什么。"

现在还不能说，一切都需要整理一番，加贺心想。但这样的时刻会到来吗？

"真是的，什么都不说，还要我跟你来！"

"我只是问你去不去南泽老师家，不是你自己决定跟来的嘛。"

"谁让你说得那么神秘，好像包含着什么重大意义。"

加贺闭口不答。重大意义……或许是这样吧。

最近天冷，南泽的房子寂静无声，时间仿佛被冻住了。庭院里的吊钟花只剩下光秃秃的树枝，眼前的一切让加贺不由得感到是在看一张古老的黑白照片。

南泽雅子拉开格子门，把两人迎了进去。她看上去比以前瘦小了许多，更加苍白、枯瘦。

"欢迎。"她抬头看着他们，刻满皱纹的嘴角泛起一丝微笑。

"打扰了。"加贺说道。在他看来，南泽的笑容是挤出来的。南泽正要把他们引进客厅，加贺在她背后说："很久都没有品尝到老师亲手沏的茶了。我们是来喝茶的。"

南泽在走廊里停下脚步。"是吗?"

"是啊。"

加贺转而征求沙都子的同意。沙都子也立刻说道:"真的很久了。"

"那个房间已经可以使用了吧?"加贺问道。波香出事后,为了保留现场,举行雪月花之式的房间当即被禁止使用了。

南泽点头道:"那就给你们沏一次许久未沏的茶吧。"

加贺和沙都子一阵欢呼。

在波香死去的房间,加贺、沙都子和南泽三个人的茶会开始了。首先要准备茶会用具,南泽穿梭于厨房和房间,加贺问道:"那时用的东西还在吗?"

"那时?"

"举行雪月花之式的时候。"

"哦,"她点点头,神情寂寞地对他说,"没还回来,在警察那里。"

"所有东西吗?"

"是啊。"

"那个名贵的茶碗也是吗?"

"也没那么名贵,不过也被拿走了。"

"这个茶刷也不是那时用的吧?"

这时,南泽已经开始沏第一道茶了。她用茶刷轻搅茶碗中的茶,随后把茶碗递给沙都子,向加贺说道:"你还真在意以前那些东西呢。"

加贺轻轻点头。"我还以为留下了一两样东西呢。"

加贺全神贯注地观察年老的教师会作何反应,南泽毫无表情。

直到沙都子喝完茶，把茶碗还给她，她始终挺直脊背，眼神直盯着斜下方。但加贺认为，这就是她的反应。

喝完茶，他们回顾了一年来的事。南泽老师感慨这一年发生了太多事情，两个学生很赞同，但双方都没有触及关键。

"你们马上就要毕业了吧？"南泽凝视着两个人，仿佛是在叹息，"就算毕业了，我还是希望你们不要破坏相互之间的情谊。至于像我这样的老太婆，撇在一边就行了。"

"老师，就算毕业了，我们也希望您多多关照。"沙都子说。

或许是吧，加贺心想，但南泽所说的"你们"究竟指的是谁和谁呢？

"请再给我沏次茶吧。"加贺说道。

南泽好像忽然想起什么似的，轻轻拍了一下手。"朋友送了我一包名贵的茶粉，我用那种茶粉来沏吧。"

见南泽要起身，沙都子抢先站了起来。"不用，老师，我去拿。还是放在老地方吧？"

"你知道是哪包吗？"南泽说出了茶粉的品牌。加贺对此一无所知，沙都子却马上反应过来，欢呼了一声。

等待沙都子时，南泽洗好茶碗，为沏茶做准备。她的动作依旧没有丝毫赘余。加贺看着她，沉默了片刻。空气仿佛停止了流动，声音也似乎被人抽走，两个人就在这样的空间里度过了数秒钟。

加贺端坐着，只将脖子探向老师，轻轻地调整了呼吸。"老师，您也知道了吧？"

加贺本想压低声音，声音震动空气的幅度却超出意料。然而南泽雅子好像根本没有听，纹丝不动，手中的动作依旧有条不紊。

"出事后没过几天,老师就把我们召集在一起了。您说同伴之间相互猜疑是很可悲的。现在想来,我觉得当初真该多想想那次聚会的意义。但无论当时怎么思考,也不知道自己能否领悟。"

南泽停下了手上的活儿,那并不是对加贺的话有所反应,而是因为她已经把茶碗擦干了。她放下干净的茶碗。"我可是什么都不知道。"她的脸上浮现出和蔼的微笑。这不是假装的,而是真正的温情流露,加贺心中莫名一震。南泽接着说:"但既然你这么说了,我或许知道些什么。只是我一直都没发现,而且可能永远都不会发现。"

"老师不想知道真相吗?"

"真相这种东西,无论何时都无聊透顶。我觉得这没什么大不了的。"

"您觉得靠谎言支撑的事物有价值吗?"

"究竟谁能判定是谎言还是真话呢?"

这时,推拉门倏地被拉开,沙都子回来了。"辛苦啦。"南泽说道。她和加贺平静的争论就此停止。

沉默支配着整个房间,只有茶刷和茶碗相互摩擦,发出悦耳的声音。

"请。"

加贺接过递到面前的茶碗,呷了一口。"真好喝。"

他对新茶的评价让南泽雅子很满足。"加贺,"她说道,"你打算毕业之后再去拜访相原家吗?"

加贺刚喝完第二口,抬起头看了看一旁的沙都子。沙都子一副毫不知情的表情。他答道:"我只是说出了自己的想法,并没有向她提出要求,也没有让她给我答复。"

"我会给你答复的,"沙都子开口了,"毕业之前一定答复你。"

"毕业之前吗……"加贺叹了口气,"你好像觉得毕业是件好事吧。你觉得毕业了,过去的一切就会随之而去吗?"

"刚才我去取茶的时候,你好像跟老师谈了什么。"从南泽家返回的路上,沙都子问加贺,"你们说什么了?"

"没什么,只是些琐碎的事。"

"你不想说?"

沙都子从一旁看着加贺的脸,加贺似乎想躲开她的视线,紧闭双眼。

"好吧,算了。"沙都子说着,看向前方,"但你至少要告诉我一点,今天去老师家里一定有什么目的吧?那个目的达到了吗?"

加贺依旧闭着眼睛答道:"现在还不知道。"

之后一段时间,两人都一言不发,任身体随着电车摇晃。加贺呆呆地望着车上挂着的女性时尚杂志的广告:一个身材姣好、充满异国风情的女子穿着冬款连衣裙,脸上溢满笑容。

"是这样啊。"加贺不由得吐出这样一句话。

沙都子仰起脸问道:"什么?"

"波香死后,你去她房间看她的衣橱时,不是很不解吗?因为在雪月花之日,她没穿那件新连衣裙,而是穿了件旧运动衫。"

"对啊。"沙都子看着远方,点了点头,"真想不通,她挺赶时髦的。"

"我知道原因了。"

"你知道?为什么?"

"因为口袋。"

"口袋?"

"波香那天无论如何都必须穿一件有口袋的衣服去。我不清楚具体的样子,但那件新连衣裙没有口袋吧?"

"嗯,应该没有。可这有什么关系?"

"这就是重点了,但在解释之前,先要把雪月花的诡计说清楚。"

沙都子原本很大的眼睛现在睁得更大了。"你解开了?"

"嗯。"

"你太狡猾了,居然瞒着我。我也有权知道啊。"

"不,现在还没到告诉你的时候,还有最后一个障碍。在清理好之前,一切不过是一场推理游戏罢了。"

"你……"

"一旦弄清楚了,我肯定会通知你。你就把我下次给你打电话的时候当成解开全部谜团的时候吧。在那之前,我不会打的。说实话,每次往你家打电话,我觉得别扭。"

沙都子正要反驳,电车恰好到了她的目的地。她绷着脸站起来问道:"那会是什么时候?"

"毕业之前,一定。"加贺眯起眼笑了。

沙都子边瞪他边走下了电车。

沙都子下车后,过了两站,加贺也下了车,换乘其他线路。换乘的车稍显拥挤,加贺扫视一周,站在了靠近车门的地方。

不知为何,车门附近总是很受人青睐。从后面奔上车来的一个年轻男子看到没有空座,便走回车门旁边。那人戴着黑框眼镜,脸色很差。加贺看着他,忽然"啊"了一声。那人也注意到了加贺。

"你是剑道社的加贺吧?"

加贺记得他纤细的声音。"你是跟藤堂在同一个研究室的……"

没错,此人就是上次在金属工程系的研究室里碰到的白衣男生。电车发动,男生打了个趔趄,告诉加贺他姓寺冢。

因为早就知道加贺在全国大赛中得了冠军,寺冢不厌其烦地问着相关问题。他似乎觉得,所谓健谈,就是总以对方的得意之处为话题。

剑道的话题告一段落,加贺思考着是否有别的共同话题。虽然被奉承确实让人舒心,可说多了反倒觉得有些挖苦的意味。当然,像寺冢那样看上去个性柔弱的人是感觉不到这层意味的。

加贺想起了两人上次见面的情景。那时,加贺正在研究室里等藤堂。那时是怎么……对了,加贺在那里看到了两个无动力的滑轮,还询问了相关问题。说起来,他至今仍未问清楚原理。

"我想请教一下。"

见加贺提问,寺冢显得很高兴。

当天晚上,相原家的电话响了。时间已过十一点。沙都子一听继母说是一个姓加贺的人打来的,便立刻从房间里冲了出来。或许是因为太过慌张,她还没来得及披上外衣,就一把抢过话筒,上气不接下气地说:"是我!"

"是我。"加贺声音很平静,"看来不用等到毕业了。"

第五章

1

T大金属材料研究室。

论文已经完成百分之九十了,剩下的就是撰写综述并适当添上一些补充资料。

藤堂正彦坐在椅子上伸了个大大的懒腰,身体关节嘎吱作响的声音都能听到。坐在这里很惬意,一开始写东西,不知不觉就忘了时间。

"已经四点了啊。"藤堂看着钟自言自语道。毫无特点的圆形钟挂在白色的墙上。研究室里很安静,藤堂的自言自语仿佛也传出了回音。

他走到窗边,从百叶窗上撑开一条缝看向外面。即使在白天,他工作时也会紧紧拉上百叶窗,打开日光灯,这已经成了他的习惯。若不这样,他一刻也无法安心。

窗户下面的空地上,几个学生正围成三角形玩着垒球,他们的衣服形形色色,既有橄榄球服,也有柔道服。现在各个社团应该尚未开始活动。一个看上去像拉拉队员的男生打出了一支安打。

也有这种打发时间的方法啊。藤堂松开手,视线落在桌上,堆积如山的绘图用纸和论文纸一时间在他脑中变成了一片空白。

门开了,有人探头进来,仿佛要先看看里面的情况。这个男生就这一点让人讨厌,藤堂心想。

"这么安静,我还以为你不在呢。"寺冢有些结巴地说。

"我在休息,有什么急事吗?"

"倒也没什么……松原教授让你无论如何在年内把报告整理好。"

"他不说我也知道。"藤堂粗鲁地坐到椅子上,不耐烦地说。

寺冢继续道:"谁让你是教授的得意门生。明年参加国际会议,他准备带你一起去吧?"

"还不知道呢。"藤堂歪起嘴说。的确,他还不知道,最后的审判还未降临。藤堂的目光停在了寺冢右手拿着的东西上。"喂,这是什么?"

"这个吗?"寺冢略带羞涩地笑着伸出手,"做着玩的,一个无聊的玩具而已。"

那是一个用铁丝做成的玩偶,头是黏土做的,还没有画上眼睛和鼻子。

"你刚才就是在做这个吗……"藤堂一边看着人偶用的材料,一边思索寺冢要拿它干什么。

"我正要给它画脸呢。"

"你做这个东西干什么?"

"送人呀,圣诞节了。"

圣诞节吗?藤堂想起了去年的今天,他和祥子在一家法国餐厅喝酒庆祝。祥子给他的礼物是一件手工编织毛衣。对了,那件毛衣到底放在哪里了?

"这种人偶有谁喜欢吗?"

"无所谓啦。"

寺冢拿着铁丝人偶走进了隔壁。与此同时,门口传来了敲门的声音。

"请进。"藤堂说道。

加贺一脸阴郁地出现了。"你看上去很忙啊。"他看着藤堂桌子上的东西说道。

"毕业之前的最后冲刺。"

"毕业啊。"加贺无聊地环视房间的白墙。

"你怎么样?毕业论文写好了吗?"

加贺长吁一口气。"我们的论文只要字数够就行了。"说着,他脸上露出了自嘲般的笑容,接着又变成了一副正经的样子,"今晚你有空吗?沙都子说想开个圣诞派对,也就当我们的忘年会了。"

"真突然啊。"藤堂朝一旁贴着的日历看去,"几点开始?"

"七点。"

"知道了,我一定会抽出时间去。不带礼物可以吧?"

"你人来就行了。"

"地点呢?"

"摇头小丑。"

"又是那里?"

"必须在那里。"加贺随即告辞离开了。

2

咕咕钟的门坏了，一直紧闭着，指针已不知不觉指向了五点。老板依旧站在吧台后面擦着玻璃杯，而一旁桌子旁的四个人好像正计划要去滑雪。虽然是平安夜，但顾客并不比往常多，店里的装饰跟平时一样，也没有准备圣诞特别菜单。

若生摆弄着空咖啡杯。刚才还洋溢着暖暖的摩卡香味的杯子，现在已经凉透了。

"华江，你打算怎么办？"若生似乎在对着杯底说话。

"怎么办啊……"华江一直将手放在桌上，握着淡紫色手帕，"我也不知道，你觉得该怎么办？"

"该怎么办呢……"若生深深叹了口气，"我想答案已经出来了。"

"怎么说？"

"就是说，"若生用没拿杯子的右手轻轻敲着桌子，沉默了几秒，"我们应该把一切都说清楚，就是这样。"

"不行！"华江依旧握着手帕，语气强硬，"这种事情……我办不到！"

"但这样下去我无法安心。"

"挑明一切也无法改变什么。"

"你想就这样瞒着大家，摆出一副若无其事的样子去工作吗？"

"只要毕业了，大家都会忘掉的，就算是我们的事情……若生，你想想我们两个人的将来吧，要是那么做，我们可就不能结婚了。""结婚"一词让华江胸口一阵憋闷。

若生把双肘撑在桌子上，两手合十，拇指按住眼角。

从狭窄的入口走进来一个戴黑框眼镜、脸色欠佳的男生。男生披着一件白色衣服，看上去是理工学院的。

白衣男生坐到吧台旁离若生他们最近的位子，略带口吃地点了一杯蓝山咖啡。似乎是因为他那副模样跟他点的东西有些不协调，讨论滑雪的那群人发出一阵窃笑。老板却毫无表情地说："和平常一样啊。"老板一边将咖啡豆倒进咖啡磨具一边问道，"你今天也有活儿要干？"

"是啊，"学生一副愁眉不展的样子，"我们教授简直把我们当成一次性用品了。"

"哈哈，"老板笑道，"就跟纸尿裤一样吧？"

"我可没开玩笑，他真是这么想的。连我们生病请假时，他都要生一肚子气。第二天病好了见到他，他可从不会问'身体怎样了'之类的话，而是责问我们准备怎么弥补落下的进度。"

"真过分。"

"是啊。他是理工学院的头面人物，要是被他看不顺眼，就全完了。"

"那你是他的爱徒吧？"

白衣学生猛地摇了摇头，仿佛在坚决否定。"我属于被他无视的类型。同一个研究室里倒有他的一个得意门生，但那学生可真不容易，工作必须尽善尽美，几乎每天都住在学校。"

一杯蓝山咖啡摆到他面前，他凑过去闻闻香味，什么都没加就喝了一口。"对了，我差点忘了。"他摸了摸白衣口袋，取出一个金属玩意儿,"老板,这是圣诞礼物。"

他把东西放到吧台上,那是一个穿着简易衣服的玩偶。老板拿过来,一脸高兴地说:"啊,是小丑!"

"能看出是小丑,那我就算成功了。"

"看出来了,做得很好嘛。为什么给我这个?"

"嗯,这个嘛……"学生支吾着喝了口咖啡,小声说道,"要是受到好评,我还想批量生产呢。"

"放在哪儿好呢?"老板拿着人偶环视店内,架子之类的东西一件也没有。"今天暂且放在这里吧。"老板最终把人偶放到吧台上的虹吸瓶旁边。"跟店名正好吻合!"他把人偶的角度调整了很多次,最后满意地眯着眼说。

"再过些时间会更吻合。"

"为什么?"

"无论如何都会更吻合。"学生的鼻翼一张一翕。

3

沙都子站在车站前的书店里读了一本关于茶具的书,又到隔壁的牛仔服店看了看,最后朝摇头小丑走去。时间是七点差十分。她沿 T 大大道的坡道慢慢向上,一遍遍试图让心情平静下来。自从那天晚上接到加贺的电话,她就一直处在兴奋中。无论在白天的课堂上还是晚上的被窝里,今天的聚会都牢牢粘在她的脑中,一刻也摆脱不了。

沙都子眼前浮现出同伴的面孔。每张面孔都跟她与其相识时的情景重叠在一起。各种各样的回忆相互交织，将这些情景美化得有些异常，直逼沙都子内心。但今天，她必须抛开包括这些情景在内的一切回忆。

"就没有更好的办法吗？"沙都子当时这么问加贺，语气近乎恳求。

"不管用什么办法，结果都是一样的。"加贺答道。恐怕确实如此。

令人不寒而栗的小丑招牌依旧倾斜着，在进门之前，沙都子深吸了一口气。

加贺认为这不是最好的办法，但实际上，根本就没有最好的办法。

跟藤堂分别后，加贺回到了社会学院的研究室，准备继续写那篇自己都不甚满意的毕业论文，但笔尖久久停滞不前。一想到将要发生的一幕，他根本无法集中精神。

这个推理没有漏洞。

经过反复推敲，加贺仔细审视了自己的推理。最终，他得出了一条无论如何都无法否定的思路。思路中有他自己都不敢相信的地方，但他不得不信。

对真相刨根问底究竟有多少意义？加贺自己也不知道。正如恩师南泽雅子所说，真相的价值可能低于预期，或许还存在着有价值的谎言。但加贺无法让一切就这么过去，他并非出于正义感，也不是要为朋友报仇，或出于本能寻求真相。如果硬要加上什么名分，加贺想，这就是我们的毕业仪式。如果之前我们已花了很长时间，把一堆已损坏的积木堆了起来,那么将它们推倒就意味着生命中一个时代的完结。

加贺放下笔,像是放弃了一般,收拾后走出了研究室。表上的指针指向六点半。他本来想离开学校,但转而又去了剑道场。从今天开始,社团活动暂时告一段落。

加贺在空无一人的剑道场上挥舞起竹剑。他几度劈斩,想把自己这些伙伴之间共同培养出的某种东西连根斩断。

加贺并不是会主动提议开圣诞派对的人,这一点藤堂早就知道。在藤堂看来,加贺把大家召集起来,说不定是想展开什么行动,或许就跟这一连串案件有关。

但那家伙会怎么推理祥子一案呢?

自杀还是他杀?加贺似乎很早就倾向于后者。的确,客观来看,这或许是个合理的推断。但既然是谋杀,就必须拿出令人信服的动机来。

谁都没有杀祥子的动机,藤堂握紧拳头想道。在这种情况下,加贺还能断言谁是凶手吗?就连身为祥子男友的自己都毫无头绪,加贺会在哪里找到……

雪月花之式的案件不也一样吗?藤堂心想。以杀死一个不知内情的人为目的,用某种方法故意让其喝下毒药,这或许可以实现。但在自己看来,如果没有共犯,下毒一事根本不可能实施。究竟谁和谁是共犯呢?

藤堂走出研究室。他怀着不安与期待,猜测着加贺接下来的举动。关门时,他的手微微颤抖。

若生和华江两人在六点前一度离开了摇头小丑。他们在学校里和T大大道上闲逛了一会儿，又回到了那里。

"边走边想想吧。"两人觉得这个主意不错，起身走了出去，但仍未得出任何结论。

"总之今天先别说出来。"回到摇头小丑门口时，华江恳求般地抬眼看着若生。

若生皱起了眉头。"我觉得除了今天，就再没机会说出来了。"

"求你了！"华江把脸埋在若生胸前，若生的手搭上了她纤弱的肩膀。

若生和华江一进门，发现其他人都来了。两人在老板特意留出的靠里面的"专用桌"旁坐下。见此情景，老板为他们倒上了葡萄酒。

"为我们这些速成的基督徒干杯！"加贺举杯说道。其他四人也相继举杯。

"干杯！"

"圣诞快乐！"

一切终于拉开了序幕。加贺透过酒杯窥探众人的神情。有同样想法的人应该不止他一个。

4

第一个注意到小丑人偶的是沙都子。"那是什么？"

大家闻言向吧台看去。

"好像是人偶吧。"

"看上去是个小丑。"

加贺起身上前,拿起做工粗糙的人偶。"身体是用铁丝做的,脸是黏土的。"他把人偶转向桌前的众人,"做得真马虎。"

"白天有个学生跟老板说话时送的。"若生说道,一旁的华江也点点头。不久后老板走了过来,说这是一个老顾客送他的礼物。

"这就是摇头小丑吧。"

"大概是吧。"老板本来还想说什么,但止住了。

派对继续进行,葡萄酒换成了威士忌,他们回顾了今年,又谈起了明年的打算。祥子和波香的名字好像成了忌讳,谁也没说出口。

"藤堂,你明年的计划是什么?"沙都子一边为他调酒一边问道,"还是做研究?"

"是啊。"藤堂答道。他好像刚从梦中醒来,隔了一会儿才说出话来。"要是这样就好了。"

"要是这样?"

藤堂从沙都子手中接过玻璃杯,一口喝下一大半。"不好意思,就此告辞了。"

"还早啊。"

加贺一脸惊讶,藤堂却面无表情地穿上外套。

"刚才跟沙都子说话时,我忽然想到还有事没做完。能早点完工的话,我还会来的。你们准备待到几点?"

加贺朝那个门坏了的咕咕钟看了一眼。"十一点左右吧。沙都子和华江可能会早些回去。"

"在那之前我会再来的。"藤堂向老板轻轻招了招手,一弯腰,头也不回地走出了店门。店门打开时,冷风夹着一些白色的东西飘了进来。店里的人们立刻一片欢腾。

"既然如此……"加贺含住一口加冰的威士忌,拿过运动衫,"若生,走吧。"

"走?"忽然被叫到名字,若生心里咯噔一下,"去哪儿?"

"跟我来吧。"加贺抓起若生的夹克,硬塞给他,"跟我来就知道了。"

"喂,你们去哪儿?"华江喊道,"我也要去!"

"你留在这儿就行了。"劝阻华江的是沙都子,她紧握华江的手臂,使出的力量让华江无法再说什么。"男生是男生,女生是女生嘛。"她凝视着桌面。

"加贺,你跟沙都子一定谋划了什么,快告诉我们啊。"

"以后再说吧,现在没时间了。"

不等若生说话,加贺就走到店外。外面似乎更冷了。若生跟着加贺走出来,什么也没问。

雪花落到地面上也不见融化,T大大道慢慢被染成白色,但脚印并不多。

加贺毫不犹豫地向车站走去。这是一场赌博,但他没时间犹豫。时间确实所剩无几。

若生不安地跟到车站前,但加贺又穿过车站继续向前。

"你不是去车站吗?"若生问道。

"马上就到了。"加贺简短地答道。

加贺走进了一条狭窄的小道,道旁没有路灯,一片漆黑。雪公平地飘向每一个角落,这里也不例外,而且因为基本无人经过,雪积得很快。

走到一幢高大建筑背后,加贺停下脚步。接着,他每一步都走得很小心,但并非仅仅因为下雪路滑。

"好像还没来呢。"加贺自言自语道。

"谁会来?"身后的若生问道。

加贺没有回答。若生似乎也没有期待他会作答,没有再问。

两人躲在隔壁一幢建筑的影子下。看着加贺的行动,若生似乎也隐隐感觉到了来这里的目的,他抬头看看那幢灰色的建筑,小声说:"这里是白鹭庄啊。"

"……"

"要来的人是……藤堂?"

加贺没有回答,紧紧地盯着白鹭庄的墙壁。

"难道……藤堂是凶手吗?"

"还不知道呢。"加贺说了句言不由衷的话。傻瓜,都说了些什么呀。

"为什么?"若生吐出的白气飘到了加贺面前。

加贺正要回答,某处传来了踏雪的沙沙声。加贺惊慌地倒吸了一口凉气。

一个黑影慢慢走来。黑影身形高大,披着一件防水外套。黑影在白鹭庄的墙边停下,站在毛玻璃前面。

果然!加贺感到一种交织着绝望和满足的滋味。他的推理果然没错。

大路上驶过一辆车,车灯闪过的一瞬间,黑影的侧面被照亮了。

藤堂那张苍白而神经质的脸显现出来，他最近瘦了不少。

藤堂从外套口袋里取出一样东西，因为隔着一段距离，加贺与若生无法辨别，但能看出是一个能握在掌中的小东西。

直到藤堂在黑暗中点着火，他们才知道那是一个打火机。火焰虽小，却把藤堂的侧脸照得愈发清晰。加贺听到了若生咽唾沫的声音。

藤堂将打火机凑到窗户中间，即两扇玻璃重合的部分。他保持那样的姿势站了一两分钟。

不久，藤堂将火熄灭，把打火机放回口袋。四周又变回一片黑暗。接下来的事让若生惊讶不已，却在加贺意料之中。藤堂把手伸向窗户，猛一用力，焊有铁窗框的窗户竟毫无声响地开了。若生差点叫出声，赶忙用手捂住嘴，可已经没这个必要了。加贺已经跳上前去。

"这是你作案用的打火机吧？"

听到加贺的声音，藤堂的身体凝固了，他把手搭在窗户上一动不动。

"我一直想不通，你平时不抽烟，怎么还会有打火机。"

藤堂慢慢转向加贺，脸色跟飘落的雪一样惨白。"原来……"他底气不足，"那个人偶是你的主意吧？"

"是我拜托寺冢的，拿来演一出戏罢了。"

"原来如此。"藤堂无声地关上窗户，手印清晰地留在了玻璃上。

"怎么回事？能告诉我吗？"若生来回看着加贺和藤堂。

"你等一会儿再去开那扇窗户就明白了。"加贺说道。接着，他问藤堂："要等多久？"

藤堂双手插进口袋。"从现在的温度来看，应该可以了。"

"可以了,"加贺朝若生点头道,"你去开窗试试。"

若生对他们两人奇怪的对话疑惑不已。他照加贺说的去尝试,但窗户纹丝不动。

"动不了了……怎么会这样?"

加贺依旧盯着藤堂。"窗户上的锁是用现在很流行的形状记忆合金做的。"

"形状记忆合金……"

"你这个对科学一窍不通的人至少也知道这个名字吧?就是能够记忆形状的金属。现在连做玩具都用上了。藤堂,不好意思,能否借你的打火机一用?"

藤堂一言不发,从口袋里拿出打火机递给加贺。这不是一次性打火机,而是一个沉甸甸的银色"登喜路"。加贺接过来,像藤堂刚才那样,将火焰对着窗框上的锁。过了一会儿,加贺伸手一推,窗户被轻易地打开了。若生不由得"啊"了一声。

"你来看看这把锁。"

若生闻言把脸凑到窗前,向里看去。"啊!"这次的惊叹声更大了。

锁上本应弯曲的金属片已被拉得笔直。(图15-1,图15-2)这样一来,锁就完全失去了作用。

"我要关窗户了。"加贺匆忙将窗户关好。等了一小会儿,他伸手推窗,但窗户毫无动静。

"金属片的形状又还原了。"加贺向若生解释道。"形状记忆合金的特点就是,不管怎么变形,只要一加热,就会恢复。特别是双程形状记忆合金,会随着温度的高低而变成相应状态下的形状。这把锁使用的金属片就是双程形状记忆合金,它被设定为升温就伸展,

图 15-1 恒温状态

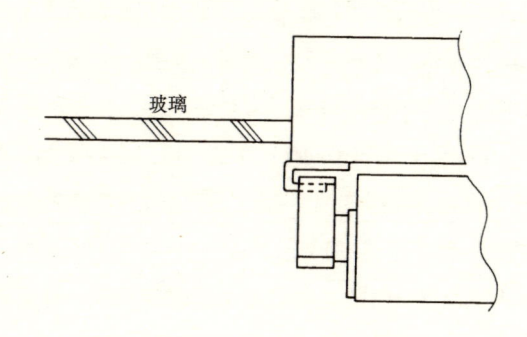

图 15-2 加热状态

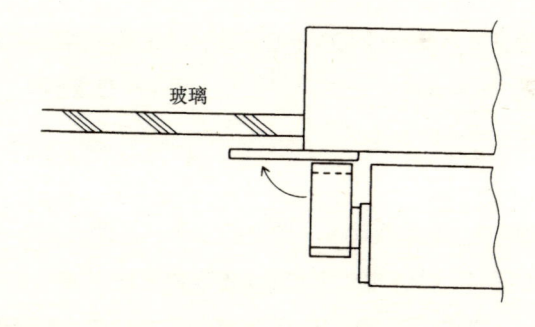

玻璃

玻璃

降温就弯曲。即便窗户锁着,只要用打火机在外部加热,便有可能打开。"

"还挺懂嘛。"藤堂低声说道,不带丝毫感情。

"我是从寺冢那里听说形状记忆合金的。那个研究室里不是有两个无动力也能转动的滑轮吗?安装在滑轮上的弹簧状纽带也使用了这种合金。那根纽带浸入热水时会收缩,只要一从热水中出来,便会立刻伸展开来。滑轮就是靠这个力量转动的。我一听他的话,马上就想这把锁上是不是也做了同样的手脚,结果很快得到了确证。"

"可为什么这把锁会用这种金属?"若生问出了最关键的问题。

"原来的锁被替换了。"加贺回答,"这是藤堂为了自由出入公寓让祥子换的。我听说,白鹭庄里的不少房客会打开后门让男朋友进来。但要用这种方法进出,必须事先和里面的人联络好。藤堂经常做研究做到很晚,自然不能用这种方法随意进出。于是他就想出了这一办法。只要掌握金属材料研究室的技术,用形状记忆合金做成锁,就能轻易按照自己的意愿来设定记忆形状。如此一来,藤堂就可以避开管理员的目光,随时进入祥子的房间。恐怕藤堂也有祥子房间的备用钥匙吧。而知道这锁动过手脚的,除了祥子和藤堂还有一个人,那就是波香。"

店内的音乐由《白色圣诞节》换成了约翰·列侬和小野洋子合唱的《圣诞快乐》。今晚看来要逐个重温圣诞歌曲了。

吃一口比萨再喝一口葡萄酒——沙都子一直机械地重复这样的动作。华江时不时看向她,似乎想说什么,但沙都子并不看她,她只好死心,低下头去——这也是一直重复的动作。

"是藤堂杀了波香。"加贺开口时悲伤地眨了两三下眼睛。在告诉沙都子真相的重大时刻,加贺表露的感情不过如此。

接到加贺电话的第二天,沙都子在记忆咖啡馆跟加贺见了面。随后,她听到了令人震惊的消息。

"我反复考虑雪月花之式上的诡计,除了藤堂,我想不出其他人会是凶手。但那时还有许多不清楚的地方,我不能断定他就是凶手,所以当时我请你再等一等。"

"你是说你已经把一切都弄明白了?"

"从某种程度上说是这样的。"加贺答道,"第一个疑点是杀人动机,我是这么想的:波香已经发觉杀害祥子的凶手是藤堂,并劝藤堂自首。"

"怎么会……"沙都子倒吸一口凉气。

加贺无视她的表情,接着说:"祥子死后,波香和你一起全力寻找自杀的原因。当你们知道她并非死于自杀时,我以为你们会趁势努力寻找凶手,但事实并非如此。我知道你在积极奔走,但波香却不怎么露面了。从她的性格来看,这实在太奇怪了。如果她已经知道了凶手的身份,而且还是我们当中的一人,那她的举动就无可非议了。"

沙都子试着回想,觉得波香那时的举动确实让人不解。侦查案情并非出于兴趣,而是因为密友被杀。按波香的脾气,她本应是调查中表现得最积极的。"可是,她怎么会那么快就找到了凶手?"

"这就是第二个疑点。而第三个疑点便是藤堂进出公寓的方法。于是我想,这两个疑点会不会相互关联。"

"相互关联?"

"比如能不能假设这种情况:存在某种进出公寓的特殊方法,而知道这个方法的只有波香、藤堂和祥子。"

被杀的是祥子。根据排除法,波香应该得出了结论:凶手除藤堂外别无他人。

"可真有那么高明的方法吗?"

"有。"

加贺揭开了形状记忆合金的玄机。沙都子以前在电视里见过这种特别的金属,但从未想到这种金属在日常生活中离自己如此近。

加贺的推理是有说服力的。这个机关是为了让一对恋人能够随时见面而设置的。按祥子的性格,她很可能把和男友之间的秘密告诉了密友波香。

"只是,"加贺垂下锐利的目光,"看见这个机关,我已确信杀祥子的就是藤堂。但他的动机还是个谜。他为什么非要杀女友不可?现在还没弄清的只有这一点。"

"那……就没办法了吗?"

"没有。"加贺说道,"但既然已经走到了这一步,我们不能就此收手。剩下的真相只能让藤堂自己说出来。为此,我们只能设下圈套。"

"圈套?"

"嗯。"加贺点了点头。

加贺想故意在大家面前提起形状记忆合金,看藤堂有什么反应。加贺认为,现在谁都不知道那种金属,所以藤堂很安心,但一旦被人提起,就意味着说不定有人会由此联想到白鹭庄的密室之谜。如果藤堂是凶手,他一定会有所反应。

"我认识一个跟藤堂在同一研究室的人,姓寺冢。形状记忆合金的事就是他告诉我的,我准备找他帮忙。"

小丑人偶由此诞生。加贺打算用它来设计一场戏:用形状记忆金做的人偶会做出不可思议的动作,沙都子等人看了会很惊讶。借此机会,加贺想观察藤堂的反应。

而事实上,看见人偶,藤堂就变了脸色,匆匆离开了咖啡馆。

这一刻,沙都子才确信了这个令人悲伤的真相,恐怕加贺也一样。

"把口袋里的东西拿出来吧。"加贺指着藤堂外套的右侧,"你拿的应该是用普通金属做的部件,就是之前被换下来的那个。你是为了换锁才来的吧?"

藤堂并没有从口袋里抽出手的意思,但看他的外套也能知道,他正紧握着什么东西。

"可他是怎么杀波香的?"若生把手搭在加贺肩上,"真的有办法让波香在雪月花之式中喝下毒药吗?"

加贺依旧看着藤堂。"雪月花之式可是让我绞尽脑汁,整晚都没睡。我的结论是,这绝对不可能是一个人干的。但就算有共犯,这事也绝不容易。那么谁跟谁可能是共犯?我的推理就是从这个疑问开始的。但我找不到答案,越想越觉得难以推理下去,最后的结论是,如果不是三人共谋,作案就不可能成功。这已经明白无误地证明我犯了根本性的错误,但我无论如何也想不出错在哪里。就在这时,我想起了高中茶道社的花月牌被偷一事。那之后,我调查了大家的不在场证明,结果都是清白的,但我认为那件事跟雪月花案件并非无关。偷花月牌的人是谁？我重新开始推理，终于发现我遗漏了一个重点。"

加贺一边舔着干燥的嘴唇一边看着藤堂。藤堂一副充耳不闻的样子，什么反应也没有，好像正在月台上等待最后一班车。

加贺接着说道："我遗漏的那一点就是……偷花月牌的会不会是波香？"

加贺注意到藤堂呼气的节奏乱了，只是周围一片黑暗，他看不到藤堂的表情。

"怎么回事？"若生的声音颤抖，大概不仅仅因为天气寒冷。

"想通过花月牌耍诡计，进而在雪月花之式上干些什么的人，实际上是波香。"

"怎么可能……"

"波香的房间里发现了砷，我觉得她一定是要用这个去干些什么。她究竟要干什么呢？会不会要让谁喝下它？"

"用砷……"

"问题是她要给谁下毒。那是一个能让她狠心下毒的人，一个让她如此憎恨的人。我的推理就此停滞不前，可是再稍加思考，谜团就解开了。若生，事到如今，你应该明白我为什么要带你来了吧？"

加贺说到一半时，若生似乎就已读出了加贺的本意。他一脸沉痛，嘴像牡蛎一样紧闭。四周仍一片漆黑，却能明显察觉他眉间刻下的皱纹。

"是啊，波香是想报那时的仇，那场比赛的仇。"

老板送来了一支浅蓝色蜡烛放在桌上，看上去就像是用糖果拧成的。盛蜡烛的碟子上画着米老鼠,仿佛正用食指顶着蜡烛。

沙都子一手托着空酒杯,看着蜡烛微弱的火焰。在火焰的另一侧,华江双手放在桌子上,脸埋在手中。蜡烛的蜡如眼泪般一滴滴滑落。"风前之烛啊。"沙都子不觉喃喃道。什么是风前之烛呢?

在沙都子的记忆里,加贺的推理还在继续。

"比赛那天,为了让三岛亮子获胜而给波香下药的人,就是若生。"即便道出此事,加贺的语气依旧毫不紊乱。

"他为什么要这么做?"

"为了找工作。"

"找工作?"

"若生一直为找工作烦恼。他哥哥以前是学生运动中的骨干,这对他找工作产生了影响。而且考虑到要跟华江结婚,他不能找个无名的小公司。另一方面,三岛亮子正在为地区预选赛做准备。对三岛来说没有几个值得一提的对手,但她深知金井波香是个例外。于是就像我说的,她决定使用下药这种卑鄙的手段。但怎么让波香在比赛前喝下药呢?三岛彻底查找了可能替她完成这项任务的人。依她的财力,她很可能是找了侦探事务所的人,结果看中了若生。若生那时正好要应聘三岛电机。在上次参加剑道协会组织的交流会时,我才知道三岛电机就是三岛集团旗下的一家公司。三岛亮子趁机和若生接近,答应录用他。作为交换,若生必须帮她在比赛中作假。"

加贺推测加害波香的药被混进了运动饮料,这让沙都子想起了那天的情况。上场前,她问波香:"要喝点运动饮料吗?"波香回答:"已经喝过了。"难道波香喝的就是若生给的饮料吗?

"然而,事后波香知道了是药物让自己输掉比赛,而下药的就是若生。她最该恨的毫无疑问是三岛亮子，可她也绝不能放过背叛她的若生，于是就想先报复若生。雪月花之日的第二天就是若生和华江混双比赛的日子，为了复仇，波香企图让若生轻度砷中毒，迫使他放弃比赛。可该如何让他在雪月花之式上服下毒药？她费尽心思寻找办法。这才是雪月花案件的源头。"

听了这些，沙都子开始头疼，一个疑问搅乱了她的意识：朋友之间为什么会变成这样？

"想想出事时的情形吧。波香抽到了'月'，藤堂抽到了'花'，而若生抽到了'雪'，对吧？"

沙都子已经什么也说不出了，只是点点头。

"抽到'月'的波香喝茶后就倒下了。于是我们一直以来都是从凶手如何让波香抽到'月'这个角度去推理的。但从另一角度重新思考呢？也就是说，抽到'月'之前的过程会不会是波香一手设下的让若生服毒的圈套？"

"波香设下的圈套？"

"是的。在抽到'月'之前，波香始终是阴谋的策划者。若生抽到'雪'就是波香计划中的一步。抽到'雪'的人是要吃点心的，她恐怕想让若生在吃点心时吃下毒药。"

"把砷放到点心里？"落雁糕那雪白的颜色浮现在沙都子眼前。

但加贺摇了摇头。"我想，把毒下到点心里是很难的。她不可能知道若生会拿起哪一块。若是在全部点心里下毒，又怕会殃及他人。"

"那她把毒下在哪里？"

"我看是下在牌上了。"加贺断言道，"她把毒药涂在了牌上，希望若生用摸了牌的手吃点心，从而吃下毒药。但很难想象，如此微量的毒药究竟会产生多大的效果。"

于是……

沙都子终于明白波香为什么要把砷溶进水里并放入瓶中。这样一来，毒药就更容易涂在纸牌上了。

"可……波香是怎么让若生抽到'雪'的呢？"

沙都子刚一问完，加贺便探过身来，仿佛就在等这个问题。"这就是关键了。"他说道，"我已经说过，若要让波香抽到'月'，那折据里的牌一定都是'月'。同理，要让若生抽到'雪'，那折据里也应当都是'雪'。这样一来，你再想想事发前的情形，也就是你沏了茶，其他人正开始第三轮传折据的时候。那时老师和华江在上一轮抽到了'花'和'月'，她们需要拿出数字牌，把'花'和'月'放进折据。所以实际上，要抽牌的只有波香、若生和藤堂三个人，而折据里的牌也就只有'雪''月'和'花'了。"

加贺在随身的笔记本上画出当时的情形。（图16-1）

"于是在这种情况下进行了第三轮抽牌。第一个抽牌的是波香，她就在这时做了个小动作，也就是换牌。她事先藏起两张'雪'，佯装抽牌，用那两张牌换掉了折据中的三张牌。于是当她把折据传给藤堂时，里面只有两张'雪'了。如我刚才所说，两张牌上都涂了砷。藤堂抽了一张，另一张牌就被若生抽走了……"（图16-2）

"藤堂和若生抽到的都是'雪'吗……"

"波香和藤堂各自准备好了'月'和'花'，报牌时便拿出这些牌，把实际上抽到的牌藏了起来。（图16-3）从这个推理来看，波香要实施这个诡计，必须要有藤堂的协助。也就是顺着这个思路，我推想杀害波香的凶手就是藤堂。原因从藤堂在那时让波香必须报

图 16-1 第三次抽签前

波香　藤堂　南泽　若生　华江
　　　　　　替换牌　　替换牌　点心盘
折据
折据中　　　沙都子
替换牌

图 16-2 波香调换折据中的牌

雪月花　波香　藤堂　南泽　若生　华江
调换
雪雪　　　　　　　　　　　沙都子

图 16-3 抽牌后，波香和藤堂交出月牌和花牌

波香　藤堂　南泽　若生　华江
月　　花　　　　　雪
　　　　　　　　沙都子

240

'月'便可看出。波香知道藤堂就是杀祥子的凶手,她以保密作为条件,让藤堂帮助她实行下毒的计划。藤堂却意识到可以利用此机会,反过来把波香毒死。这便是我的推理。"

"那毒是怎么……"

没等沙都子说完,加贺便说:"是氰化钾。"他看着沙都子,像是在确认什么,"下毒的地方或许是茶刷。"

"还真是……"沙都子不知不觉叹了口气,"在我之前碰过茶具的是藤堂。他早就知道只有波香会喝我沏的茶,所以只要把毒下在某个地方就行了。是啊,茶刷是最好的地方。"

"每次沏完茶后,茶刷都是朝上立起来的吧?我想藤堂是用滴管之类的东西把氰化钾滴进去。"

"然后我就在沏茶时把茶刷上的毒药混进去了。可是很奇怪啊,要是这样,茶刷或多或少会被检测出氰化钾呀。"

"在你之后谁动了茶具?"

沙都子顺着加贺的问题回想。沏完茶,沙都子坐到了借位上。而后抽到"花"的人便坐到沏茶座上。

"是藤堂!"

"正是如此。"加贺用力点点头,"波香倒下时,大家的注意力都被她吸引,藤堂就趁着这个空隙把原来的茶刷换成了他偷偷带来的另一个茶刷,这个茶刷可能已蘸好茶粉。接着,藤堂完成了整个计划的最后步骤。趁大家都在联系医院、手忙脚乱时,他装作抱着波香,实际上却从波香的口袋里取走了被换过的花月牌。"

"波香的衣服上确实有口袋……可我还有不明白的地方。如果要实施计划,当时参加的六个人就必须分成两组。波香、藤堂和若生是一组，我、老师和华江是另一组。事情能进展得么顺利吗？要是稍有差错，波香和藤堂的计划就无法实行了。"

"就是这里！"加贺显出一副得意的样子，伸出食指说道，"波香和藤堂从一开始就用牌设下了诡计。依我看，当时什么牌被谁抽到，始终都在他们的掌握之中。你再回想一下。"

沙都子闭上眼回忆起来。因为已几次回想，那段记忆特别清晰。

第一轮传折据时，只需要报出谁是"花"。那个人是藤堂。

"从那时起诡计就开始了。藤堂抽到初花也在计划之中。"加贺说道，"之前你告诉过我，茶会开始前，准备折据的人是波香。恐怕那时她就已经做了手脚。"

准备折据的人是波香……确实如此。

"他们一开始应该是这么做的：折据里本来放的是'雪''月''花'和数字牌'一''二''三'，但藤堂事先拿走了'花'，波香则拿走了一张数字牌，假设这张牌是'三'吧。所以实际上，折据里只放了四张牌。"（图17-1）

"这样一来，结果如何？"

"折据是从波香开始传的，她假装抽了一张牌，手上拿着的却是一开始就准备好的'三'。接着折据传给你。这时，折据里本应有五张牌，实际上却只有四张。但你只是用手摸牌，恐怕不会注意牌的数目。"

"应该是吧，我先入为主地认为牌都齐了。"

"藤堂接过你传来的折据，做了跟波香一样的动作。他也装作抽牌，实际上却从口袋里拿出了牌。折据接着照常传下去，藤堂就成了初花。"

"可报过牌名后就要把牌收回去了呀。"

"这时应该做不了手脚,因为牌和折据都在别人手上。但当折据传回波香时,她便开始了下一步计划。"

"下一步?"

"不是什么大动作。她只是假装把'三'放进折据,但其实没放。第二次抽牌时,她又装作抽牌的样子,拿的却依旧是'三'。也就是说,她第一次和第二次都没有抽牌,是拿着事先就抽出来的'三'。"

"她为什么要这样做?"

"就像你刚才说的,为了分组。这样一来,六个人就被分成两组,每组各三人,分别是抽到'雪''月''花'的三个人和抽到数字牌的三个人。在坐上沏茶座之前,藤堂就已经用三张数字牌中的一张替换了自己的'花',为了方便说明,我姑且把那张牌假设为'二'。波香为了跟藤堂分在一组,也必须确保有一张数字牌,就是那张'三'。(图17-2)而剩下一张数字牌则必须被他们的目标抽到。"

又是一阵头痛,沙都子按住眼角。加贺见状问道:"休息一下吗?"

沙都子摇了摇头。"继续说吧。"

"这时,折据里的牌变成了'雪''月''花'和一张数字牌,总共四张。折据就在你、老师、若生和华江之间按顺序传递,若生抽到数字牌的概率只有四分之一。但不难想象,从波香的目标来看,即便是华江抽到也没关系。只要若生和华江之中有一个砒中毒,他们便不能参加第二天的比赛,也就达到了波香的目的。于是概率就变成了二分之一。整个诡计中,应该只有这个环节是在赌运气。如果你或老师抽到了数字牌,他们的计划就会中途作废。"

发生悲剧的概率是百分之五十,即便如此,这也是一个相当可

图 17-1 第一次抽签的诡计

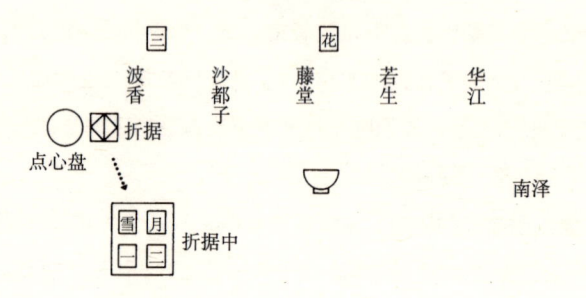

三
波香　沙都子　藤堂　若生　华江

○ ◈ 折据
点心盘

雪月
□□ 折据中

图 17-2 第二次抽签的诡计

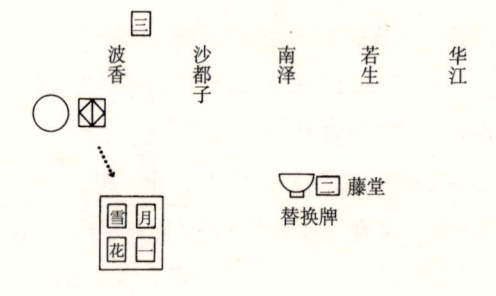

三
波香　沙都子　南泽　若生　华江

○ ◈

雪月
花 　▽□ 藤堂
　　替换牌

怕的计划。听到这里,沙都子已经重新认识了波香的固执。为了今年的比赛,波香赌上了青春岁月,却被这种卑鄙的手段所害,未能如愿。这给她带来的愤怒和悲伤恐怕已经远远超过了沙都子等人的想象。

然而最终,这个耸人听闻的计划走向了一个意外的结局。服下毒药的不是若生,而是波香自己,这恐怕是她从未预料过的。

"这就是雪月花之式上的诡计。"加贺长舒了一口气,像是完成了什么重大任务。他精疲力竭地垂下了肩。

蜡烛已经流下了数层泪水。透过火焰,沙都子注视加贺的背影。当他把一切谜团揭开时,他的表情就像在剑道比赛中落败一样。

他是觉得自己输给了某种东西吧。

不知何时已是鹅毛大雪。三个年轻人每走一步都很用力,似乎想在雪地上留下脚印。享受着平安夜的学生们大呼小叫地从他们面前走过。他们的目标是T大大道。但走到车站时,他们不约而同地停下了脚步。

"你接下来打算怎么办?"加贺问藤堂。

"是啊,怎么办呢?"藤堂答道,"总之我不会再见你们了。"

"离毕业还有三个月呢。"

"只有三个月了。"

"是啊。"加贺思索着毕业的意义,却无法悟透,"我们去一趟老师那儿吧。"

藤堂先是一脸惊愕地看着加贺,接着便浮出一丝笑意。加贺看得出那是悲哀的笑。

"还是别去了。"

"是吗……"

"我要好好想想。"

加贺没表示赞同,但微闭双眼,做了一个点头的动作。"我想知道你为什么要杀祥子。"

"我也不知道。"藤堂迈开步子,沿着T大大道渐渐远去。圣诞节的气氛正浓,道路两侧的商店灯火通明,而藤堂远去的方向却一片漆黑,根本看不到前方。

加贺的目光从藤堂的背影转向若生。"你准备怎么办?"

"我吗……"若生身上已经落满了雪,他抱起双臂,"暂且也让我想想。在这之前,我必须去接一个女生。"

"华江吗?你们两人好好想想吧。"

"或许我们也得不出结论。"

"那种东西不必得出。"

"再见。"若生扬了扬手,迈开脚步,那正是藤堂消失的方向。走了两步,若生停住了。"你不想转告沙都子什么吗?"

加贺略加思考,说道:"你就告诉她:拜托了。"

"这样就行了?"

"不行吗?"

若生再次扬手示意,再也没回头。

加贺看着两个人先后走过的路,纷纷扬扬的雪迅速填平了他们的足迹。

5

一个醉汉摇摇晃晃地走着。经过一辆车旁后,他像是丢了什么东西,转身回到了车门边。他头戴毛线滑雪帽,身穿肥大的大衣,咚咚地敲了敲车窗。电动车窗一打开,他便上前问道:"哪边会赢呢?"

一股酒味随即飘进车内。

"什么哪边?"

"红白歌会呀,我猜最后还是红队赢。"

"不好意思,还真没听说。"

醉汉听了一脸不满,往前走了两步又折回来,瞥向车内。"你在干什么?"

"写信。"里面的人回答。他左手拿着信笺,右手握着黑色圆珠笔。

"写给女人?"

"是啊。"

醉汉高兴起来,露出黄色的牙齿。"你小子居然在写情书!我还以为你在折纸飞机呢。"

"为什么?"

"为什么?"醉汉踉跄着从车门处走开,"这种晚上除了喝酒,就只能折个飞机了。"

"也有去抱女人的。"

醉汉放声大笑:"可惜我们都没有这样的女人,只能各喝各的酒,各写各的信了。再见了!"他说着走远了。

车旁就是邮筒。

方向盘已经冷得像冰一样。他关上车窗,借着车内小灯的光检查了一遍信笺内容。纸上的小字密密麻麻,连自己看了都觉得厌倦。

  这封信寄到你手上时,应该是新年伊始了。如果是,那我祝你新年快乐。

  你前几天的推理确实很精彩,竟然连那样难解的诡计都识破了,让我始料未及。我的致命伤就在于让你们在波香房间里发现了砷酸铅。

  你的推理堪称完美,但我还想补充一些情感上的东西。要说清楚的事很多,于是就拿起了笔。很抱歉,在新年时写这种信,但还是请你抽出时间来看看。

  我就从最重要的地方说起吧。

  祥子不是我杀的。

  很惊讶吧?支撑你推理的一根柱子就这样崩塌了。

  祥子不是我杀的,当然也不是别人杀的。祥子是自杀。

  且让我仔细说明来龙去脉。

  那天晚上,我确实去了她的房间。她疑似得了某种病,准备在那天去医院检查。我去她房间的目的,就是问她检查结果。

  那段时间,她对我的态度有些反常,我由此察觉到她身体状况异常。不知从何时开始,我连用手指碰她一下,她都不肯。我固执又强硬地刨根问底,她才横下心来,哭着坦白了一切。

  事实让人震惊。

  我一时无语,但不久便对她说:"事情已经过去了,也没办法。你最好尽早去医院看看。"祥子一脸惊讶地看着我，或许并没想到我会原谅她。她边流泪边向我道歉，感谢我这个男友宽宏大量。

但她没有发觉，不，我自己也没有发觉，我并没有原谅她。

继续前面的话题。

在去她房间之前，我打了个电话确认她在不在，那是晚上十点。她没接电话。公寓管理员不耐烦地告诉我，她应该已经回来了，但叫她却没反应。

那时我并不疑惑，立刻按计划来到公寓，从窗户爬进储藏室。储藏室通常都会上锁，但那种锁很轻易就能从内侧打开。我走出储藏室，爬上二楼，轻轻敲了敲祥子的房门。

就在这时，我心中产生了不祥的预感，因为从来都没有出现过这种情形。我毫不犹豫地用备用钥匙打开门。钥匙是在我给窗户设置形状记忆合金时，祥子交给我的。

当我看到祥子倒在地上时，内心的冲击究竟有多大，你一定能理解吧？心上人就在自己眼前自杀了。但我并没出声，因为我瞬间意识到，要是我那么做，只会招致身败名裂的后果。

我来描述一下她当时的状态吧。

她用剃须刀片割破了手腕，把手伸进了盥洗池，打算让自己失血而死。情况的确如此。问题是我进屋时她的样子。

她的手滑到了盥洗池外。

那应该是因某种原因滑出来的，她的手就搭在盥洗池旁。正因如此，出血已止住了，她还有微弱的气息。

在强烈的不安中，我推想她为什么自杀。一片混乱下，我得出结论:这一定和医院的诊断结果有关。诊断结果是个坏消息,祥子为之苦恼而自杀了。

我看着祥子。那时我要是采取一些措施,她就可以得救。但看着濒临死亡的她,我却冷酷地想,或许这才是最好的结果。而对我来说,只不过是恰好遇到这个时机……

我把她的手放回盥洗池,揭开了已经凝固的伤口。然后,我用自己的手帕擦掉了洒在地板上的血(这给我留下了致命后患)。

我已经不正常了。擦掉血后,我最先想的是如何逃离现场。要是被谁发现了,必定会引起一片混乱。

我先查看自己是否留下了指纹。幸好祥子房门的把手上包着绒布套,无法检测到指纹,我也不觉得自己碰过房间里的其他东西。

然后就是逃出去了。我正想着,走廊里传来了喊祥子的声音。

我的心脏几乎停止了跳动,连忙跑回房间,来到祥子身旁。匆忙中我忘了锁门,已经来不及再锁了,我果断地关上灯(我隔着手帕握住了日光灯的拉线,关上了灯。我有些惊慌失措,但不能留下指纹的意识一刻也没有离开我的大脑),躲进厨房的阴暗处。祥子当然还是那个样子。

接着,有人打开了门,那真是个让我折寿的瞬间。那人朝屋内喊了几声"祥子",很快就走了。现在想想,那不过是几秒钟的事,我却觉得像几分钟一样难熬。

那人走后不久,我便动身离开了。那时我想尽可能把现场还原成最初的状态,于是把灯打开,之后就狠下心走了。幸运的是,祥子的房门用的是半自动锁,不用钥匙就能锁上,而且旁边房间里的电视声很大,我做的一切几乎不会被人听到。但不幸的是，我一离开，波香就回来了，而且去敲过祥子的房门。在这么短的时间内，去过房间的两个人的证词截然不同，这只能暗示出一个结论——有第三者侵入。

我是按原路返回的：跑进储藏室，从里面锁上门，然后跳到窗外。接着我便在夜晚的大街上不顾一切地狂奔，离学校越来越远。

第二天，祥子的尸体被发现了，听到她被认定为自杀时，我才安下心来。在那之前，我一直惶惶不可终日。

但自从我听到沙都子说祥子可能是被谋杀的，魂不附体的日子就开始了。我也想过索性把实情都说出来，但终究没敢。

正因如此，当波香单独找我时，我吓了一跳。

正如你的推理，她知道形状记忆合金的事，马上便认定我就是凶手。我把一切告诉她后，她劝我去自首，但我不能去，我无论如何也做不出这种自毁前程的事。波香虽不打算告诉警察，但表示要告诉你们。我央求她千万别这么做，大家一旦知道，一定会有人告诉警察。尽管波香说不可能，我却始终不能相信。随后，为了说明朋友也不可信，我把那次比赛中波香输给三岛亮子的内幕说了出来。

是的，我知道波香为什么输给了三岛亮子，因为我碰巧目击了某人在运动饮料里下药的一幕。

波香似乎也知道自己喝了别人下的药，但在问过我是谁下的药后，她震惊不已。就是从那时开始，波香态度骤变。

第二次约我出来时，波香告诉我，她不会说出我的事，但作为交换，我必须帮她实现计划，也就是你推理出的，让若生或华江喝下砷，让他们无法参加比赛。

听到她的计划时，我确实觉得这是个机会。我承认，自从波香知道了祥子一案的真相后，我便起了杀意。特别是我已经注意到，如果我能成功利用波香的计划，就能实施一次完全不露痕迹的犯罪。

正如你所说，计划成功的概率是百分之五十。波香说只能赌一次，万一不行就只能放弃。我也暗自赌了一把，一旦失败，我就想别的方法来解决。我复仇的决心恐怕比波香还要强烈。

施展诡计的方法正如你所说，在此就不详述了。但你没有细说在骗局中使用的花月牌和茶刷的处理方法，我在此稍作补充。

你或许已经发觉，我把这些东西都藏在了南泽家烧洗澡水的炉子里。我想警察来时一定会检查随身物品，而事实正是如此。

几天后，为了取回那些东西，我打电话给老师，说想拜访她。老师让我顺便把其他人也叫过来，于是就成了一次全体聚会。没办法，众目睽睽之下不好动手，但无论如何，我都要取回那些东西。没想到我如此走运，老师竟然把烧洗澡水的活儿交给了我。我不仅拿回了东西，还当场把它们烧成了灰烬。

话虽如此，我边写信边重新回想了当时的情形，发觉那恐怕正是老师的安排。老师一定是因某种机缘发现了炉子里的证物，由此得知我就是凶手。当我给她打电话时，她就更加确信无疑了。老师一定是悟到了我去她家的目的，但又考虑到我一个人去会有危险，毕竟警察的眼睛无处不在。要是问起我为什么去她家，或者在我离开后检查我的随身物品，事情就败露了。或许正是考虑到这些，老师才想出了把大家召集起来的办法。

她让我去烧洗澡水，借此让我把东西处理掉，这是只有老师才能想到的主意。

我并不知道老师为什么要包庇我，也许本就没有什么理由。就像高中时为我修正作业答案一样，这次她为我补足了计划不周的地方。老师从以前开始，就一直是这样的啊。

本该就此搁笔，但我必须再说一句：祥子实际上有没有染上"某种奇怪的病"？

答案是没有。

你们可能已经通过警方的调查结果知道了，祥子的身体没有任何异常。更值得注意的是，祥子似乎没去医院。

我抱头苦想，祥子究竟为何自杀？她连医院都没去，难道真的把身体的异常状况当成疾病了吗？接着，我脑中浮现出某天早上我对祥子说的一句话。"如果检查结果不好，希望你我之间不要再发生关系，我们毕业之前也别再见面了。"

这不是命令，而是恳求。我眼前出现的是望子成龙的父母和信奉完美主义的松原老师，根本就没有余力顾及她的感受。

这句话对她却是残酷的。在她因不安而苦恼时，唯一可以依靠的男友却抛弃了她。

不，要是在她对我说出实情时我就提出分手，或许对她的伤害还不会这么大。我后悔不已，当初已经做出了原谅她的举动，却在她接受检查之前背叛了她。我能想象，她一定感受到一种从天堂跌入地狱般的绝望。

从这个意义上来说，或许杀害祥子的凶手正是我。

但那时困扰她的病情，还有她说出的实情却

信上的文字就到这里，他无论如何都没有勇气继续写下去。他探出身子，望望天空。在这样一个夜晚，扔一扔纸飞机或许更有意义。

终于，在一阵苦恼后，他将信哗啦哗啦地撕成碎片，走下车，把碎片扔进了一旁的垃圾箱。

车里还留下一个信封，上面已经写好收信地址，并贴上了邮票。

接下来该怎么办呢？

他坐在车里，恶作剧般地笑了起来。

在这一年即将结束，即十二月三十一日晚十一点三十分左右，藤堂正彦驾驶父亲的车冲入了严冬中的大海。那里是个小港口，远离住宅区，白天也只有几艘轮渡进出。事发时没有船舶靠岸，港口边空无一人，灯也熄灭了。如果不留神，完全不会注意到那里发生了什么。

目击汽车落海并报警的是一个偶然经过的拉面摊老板。警察询问时，老板的证言是："我路过这里时，对面来了一辆开得飞快的车，时速估计在八十公里左右。这一带平时很少有人飙车，我觉得奇怪，便看着它。它径直开向海边，我正想，这太危险了，就听到扑通一声，然后什么都看不到了。"

车被打捞上来时已接近第二天中午。虽说元旦一大早吊车就被派去打捞，但过程很顺利，搜救队员脸上都浮现出安心的表情。

打捞上来的是一辆白色的丰田皇冠，通过驾驶证得知，死者名叫藤堂正彦，随身物品中还有他的学生证。车内只有他一人，未发现遗书一类的东西。

下午，藤堂的家人赶到了现场。

6

沙都子和加贺随着人流挤出检票口，这才发现站前已经排起了队。新年假期一早就被派来执勤的警察穿着制服，叼着口哨，正在疏导人群。人们像驯养的羊一样，慢慢地朝同一方向挪动。若是外国人，绝对猜不到这些人要去哪里。

"新年时到神社里祈愿最烦了，人太多。"沙都子一脸厌倦地看着行进中的行列，"衣服都会被蹭脏。"沙都子穿着黑色的毛皮外套，她总说自己穿不惯和服。

"这不挺好嘛，我还是第一次来呢。"加贺说着排到了队尾，沙都子跟在加贺后面，叹了口气。

两人从车站到鸟居花了将近二十分钟，从鸟居到香资箱又花了十分钟。在这期间，沙都子两次被人踩，三次踩到别人。之所以能够如此清楚地算出次数，是因为每当沙都子被踩时，便会叫一声"哎哟"，每当踩到别人时，便会道歉说"对不起"。踩到的三个人中，有一个是加贺。

两人把五百零五元投进香资箱，拍手祈祷后开始抽签。加贺抽到了"吉"，沙都子则是"大吉"。

"再抽一次怎么样？"

"不行，会招霉运的。"

"想不到你还真信这个，五百元香火钱也够慷慨的。"

"别在神社里说什么慷慨。"沙都子把印有"大吉"的纸片小心翼翼地放到了钱包里。

"今年应该是你走大运的一年，开门红啊。把过去那些好事坏事通通忘掉吧！"

"我也想忘掉呢……"

"你很没底气啊。"

这时，沙都子抬眼看着加贺说："有件事想跟你谈谈，很快就能说完，不过是件我不想回忆的事，行吗？"

"新年一大早你就想起什么血腥的事了吗？"加贺皱起眉头，"但我没有理由拒绝你。"

"不好意思了，就说几句。"沙都子的脸颊上泛起红潮。

两人走进车站前商业街上唯一营业的水果吧。平时大概没什么人会光顾这家看起来很无聊的店，但在这种时候，从神社许愿回来的人纷纷挤进这里。加贺他们在店门口足足等了十多分钟才找到座位坐下。这时的咖啡价格也比平时高了好几倍。

两人相对而坐。桌子很窄，只能勉强放下两个咖啡碟。等面无表情的服务员走开后，沙都子说："你还没说过藤堂为什么要杀祥子吧？你说不必追究了，我也就没有追问他，但我自己想了很多。"

加贺喝了一口速溶咖啡，感觉咖啡粉放多了。他平静地点点头。

"最后我只能得出结论：一切都在这里。"

"这里？"

"是的，这里。"沙都子说着，从包里取出一个红皮日记本。加贺还认得它，是祥子的。"一开始，我们都认为祥子是自杀的，对吧？

那时我和波香一起找过她自杀的原因,其实就在日记里。"

"哦?"听到这里,加贺似乎才有了点兴趣。沙都子一边让加贺看日记,一边叙述那次讲座旅行以及祥子在那时跟陌生男人偷情的事。

"祥子十分自责,正因如此,八月的日记出现了一段空白。"

"真是个保守又纯情的女孩,跟某人大不一样。"

"可那时,她去了一趟南泽老师家,又想开了,日记也接着写下去了。"

"老师给了她一些建议吧?"

"老师说,只要不告诉藤堂,他就不会知道。"

加贺大口喝着咖啡,差点被呛到。"不愧是你和波香的老师。"

"所以祥子的心结算是暂时解开了,我也放弃了从这条线索去推敲祥子的死因,但波香却固执地认为这跟祥子的自杀有关。她说,会不会是那时的男人又出现了,或是藤堂知道了这件事。她提出这个假设时,大家都开始倾向于谋杀假说,所以种种自杀假设也就不了了之。"

"因为比起寻找她自杀的原因,你对密室谋杀的兴趣更大。"

"不是的。祥子才死没多久,波香也被杀,我已经理不清头绪了。但得知凶手是藤堂后,仔细想想,我觉得不能忽略祥子的死因。"

"原来如此。"加贺开始仔细读那本红皮日记,眼神认真起来,"那么……你发现了什么?"

沙都子虽无自信,但还是道出了她的推理:"我想,即使藤堂知道了祥子在夏天做过的事,或者那时的男人又出现了,都不能成为藤堂杀祥子的动机。那种事只能是缺乏理智且嫉妒心极强的男人一时冲动做出的,藤堂不是那种人。"

"深有同感。"加贺低声说道,"如果他有一点那种倾向,估计还能好些。"

"对吧?要是出了这种问题,两个人只要分手就行。可从后来的情形看,两人之间一定是产生了连分手都无法解决的问题。"

沙都子看着加贺,仿佛在问他是否听懂了。加贺两肘撑在桌上,十指在眼前交握。

"比如说,要是祥子怀上了那个男人的孩子,即使分手,别人也会认为那个孩子是藤堂的,对吧?藤堂想要跻身精英阶层,这会成为他的致命污点。"

"这个思路很好。"

沙都子双腿轻轻交叉,看着加贺。"可她若怀孕了,警察应该不会忽略这个事实。"

"她可能并未怀孕,而是因为某种原因怀疑自己怀孕了……"

"或许她只是生理期推迟了,却误认为是怀孕的征兆。"看到加贺似乎不好意思再说下去,沙都子接着说道,"我也想过这种可能,便重新看了日记。既然祥子在日记里对自己的身体状况做了详细的记录,就应该会有暗示怀孕的字眼。"

"然后呢?怎么样?"

"在死前一周,她记录了自己的生理期,所以怀孕的假设就不成立了,但我发现她很在意某件事。"沙都子从加贺手里拿过日记本,熟练地翻到祥子最后一篇日记。"在这里,你看看吧。"

沙都子把日记本递给加贺。她指的地方这样写道:

疲惫的日子继续着,论文停滞不前,波香的鼾声又这么吵,一点睡意也没有。身上还长了疹子,痒死了。真没劲!"

待加贺看完,沙都子又翻到前一页。"你再看一下这里和这里。"

加贺的目光转向她指的地方,终于明白她要说什么了。他抬起头。"喂,莫非是……"

"正是这样,祥子那时正为一些原因不明的疹子发愁。日记上写得很滑稽,但这是一个严重的问题。华江好像也说过,祥子一直为身上冒出的包苦恼。我觉得这就是一切的原因所在。"

加贺不知不觉换上了一副沉重的表情。"你是说祥子她……染上了那种病?就是夏天时那个陌生男人传染给她的……"

"警察并没说祥子得病,所以应该没事,只是湿疹罢了,但祥子却深信不疑。我甚至认为她没有勇气去医院检查。"

"假如她把这些告诉了藤堂,那么对藤堂来说,女友得了那种病,他自己也难免会觉得身体不适。不,就算藤堂没有出现异状,周围人看他的眼神也会改变,而他也就别想跻身什么精英阶层了……"

"这只是我的推理罢了。"沙都子如此说道,简直像在安慰加贺。

"如果这样……在被藤堂杀害之前,祥子就已经想要自杀了吧?"

沙都子略加思索,小声说:"或许是吧。她准备自杀,只是在自杀前就被藤堂杀了。"

两人沉默半晌,久久地盯着已经冷掉的淡咖啡。最后加贺开口了:"我们去确认一下?去找藤堂。"

沙都子却像西方女演员一样耸耸肩说:"算了,这些都已无关紧要了。"

7

一月四日,加贺恭一郎参加了藤堂正彦的葬礼,其他密友都没到场。加贺觉得事情变成现在这样,自己也有一半责任,于是决定为藤堂上香。

"不管怎样,我们是朋友啊。"加贺对着藤堂的遗像说。如果藤堂能说话,他会回答什么呢?

"真不明白他为什么要这样。"藤堂的母亲说着哭了起来。

"是啊,我也不明白。"

加贺上完香出来,被佐山叫住了。很久不见了,加贺心中竟有种久违的感觉。

"你一个人吗?"佐山环顾四周,还是穿着那套灰色西装,只是外面披了件米色防雨风衣。这个形象对加贺来说有些似曾相识。

"从头到尾都是我一个人。"加贺开口说道。他思忖着佐山会有什么反应。

佐山只是轻轻地应了声"哦",接着说道:"你觉得他为什么会在大冬天驾着一辆丰田皇冠冲进大海?"

"这个嘛,"加贺毫无兴趣地答道,"可能是卡罗拉太轻,沉不下去吧。"

"那为什么选在冬天投海?"

加贺摊开双手,表示不明白。

"因为如果等到春天,我们就不会让他投海了。"佐山说道。

加贺看着佐山，佐山的脸却始终向着藤堂家。
"那您现在是晚到一步吧。"
"是啊。"佐山锐利的目光移向空中，"太晚了。"
葬礼在中午结束，之后加贺径直回了家。到家时，父亲已经走了，他还是老样子，在桌上留了一张字迹潦草的字条：

我去亲戚家拜年了，可能在那里留宿。

混账爸爸！简直留宿上瘾了！
矮脚桌上除了父亲的字条，还有一堆迟到的贺年卡，基本都是寄给父亲的，中间也夹着几张给加贺的。不管怎么说，他还是注意到贺年卡一年比一年少了。
加贺扫过一张张贺年卡，忽然停下了手。他看到一个信封混在其中，收信人写着加贺恭一郎。他看向寄信人一栏，不禁惊呼："啊！"
寄信人是藤堂正彦。
加贺抑制着心中的激动剪开了信封。或许这是藤堂的遗书。
可是……里面空空如也。
加贺再次仔细看信封，想着藤堂可能把什么写在了信封某处，但依旧没有任何发现。为防遗漏，他又看了看信封内侧，依旧是什么也没有。
加贺把信封放回矮脚桌，盯了好一会儿。藤堂为什么要寄来一个空信封？加贺又把信封拿起，凑到鼻子下闻了闻。
只感觉到一股海潮的气息。

8

一台用三瓶啤酒、一个面包和一份火腿就能塞满的冰箱,一张锈迹斑斑的铁桌,一台半旧的九英寸电视,一只坏了的彩色储物箱,一个破了的衣柜,一台通电很久才能变热的电炉,还有两纸箱杂物——若生的行李只有这些。盖了四年的被子已在昨天随废纸一道扔掉了。这些东西用一辆轻型卡车足够装走。若生从家旁边的米店借来了卡车,在中午之前便把东西搬上了车。接下来只需要打扫卫生,然后向房东告辞。

移走地毯的榻榻米上空无一物,若生躺在上面,想起了刚搬来时的情景:一方面惊讶于房间过于狭小,一方面也满足于终于有了个属于自己的空间。刚搬来时带的东西比现在还少很多:桌子、被子、几件换洗衣服——似乎只有这么多。这些东西根本用不着卡车,用藤堂父亲的轿车就运过来了。

因为距离远,从家搬到这里简直就是一次小小的旅行,尽管如此,当时却来了一群人帮忙:加贺、沙都子、藤堂、祥子、波香还有华江。四个女生人手一块毛巾,把房间的边边角角都打扫了一遍。男生则根本帮不上忙,只是抱着双臂在一旁胡乱指挥,完全不着边际。

可是今天谁也没有来。

这是自然的,因为若生没通知任何人自己今天搬走,何况那时的阵容里,除自己外只剩下三人。祥子和波香连住处都没收拾,就已经离开了这个世界,藤堂则开着那辆当时为若生运过行李的皇冠冲进了大海。

总之,毕业就是这样一个结局,若生心想。

他感觉到门口来了人,于是抬起头来,只见华江站在那里,表情看起来就像被训斥后察看父母脸色的孩子。"今天搬走吗?"

"嗯,"若生站起来说道,"我打算悄悄离开。"

"为什么?"

"无缘无故就想这样。一个人总会有这种时候,对吧?"

"是啊……"华江右手扶着门框,低垂着头。

若生不禁把目光从她身上移开,努力换上一副轻快的语气说:"我哥哥的一个朋友让我去他的印刷公司工作,那里也有网球俱乐部,只要能打球就行。"

"是吗……"华江声音有些颤抖,眼泪不觉间滑过脸颊,落到了地板上,"对不起……"

"没关系的。"若生又把目光匆匆转向华江,"推掉三岛电机的工作是我自己的决定,你不必愧疚。"

"可是……"

"我本来就没指望那种大公司能录用我,一听到要录用,我自己都吓了一跳。所以当你说出一切内幕时,我就想,果然是这么回事。你别太在意了,真的。"

"加贺一直以为是你给波香下了药,我至少要把这个说清楚……"

"这也无关紧要了。"若生就像哄着一个撒娇的小孩一般,温和地说,"你不也是为了我才这么做的嘛,而且波香死后,你已经够伤心自责了。"

若生从华江口中得知她受三岛亮子指使,在比赛之前让波香喝下了药,是在雪月花案发生不久之后。当时华江以为波香是自杀,担心自杀的原因就是输掉了那场比赛，于是找到若生，倾吐了一切。若生虽不相信波香会为这点事而自杀，但也决定向大家和盘托出，他觉得下药一事或许跟雪月花案有某种联系。但华江央求他不要说，否则他的工作很可能会告吹。

但到最后，一切几乎都被加贺查得水落石出。至于下药的是若生还是华江，已经没有本质区别了。

"要是当初我没那么做……"华江双手掩面，啜泣声从指缝间传出，"波香和藤堂也许就不会死了。"

"这种事谁也料想不到。"若生从口袋中取出手帕，塞给华江，"也没有必要去多想，你还是把这次的事忘掉吧。"

"我忘不掉。"

"能忘掉的，这次的事，还有我。"

华江抽搐了一下，停止了啜泣。她的目光越过手帕望向若生，双眼充血，悲伤不已。

"忘掉吧，把我也忘掉。"若生抱住华江纤弱的肩膀，喃喃地重复着。

"我不能，我做不到。"

"没问题的，"若生静静地抱着华江，"习惯了就没什么了。"

9

校长的致辞带来的除了睡意还是睡意。

至今还能留在沙都子记忆中的还是小学的毕业典礼，她强忍住哈欠回忆起来：当时唱了《萤之光》，而是否唱了那首《敬仰您的尊贵》则已记不清了。[①]

初中和高中毕业的时候，根本没在意毕业典礼。大家都从升学考试的压力中解脱出来，接下来就是几年的自由时光。只有那些爱在男生面前表现的女生哭成一片。

尽管如此……

沙都子看着会场叹了口气。出席典礼的学生只有三分之一。学校并不强制参加，即便没参加，毕业证也能通过邮寄送到手中。

沙都子之所以来参加毕业典礼，是想以此为自己的学生时代画上句号。虽说不是什么特别的感慨，但临出门时，父亲说出了深藏于心的话："总算到了这一天啊！"父亲已经很久没有主动对她说什么了，或许他觉得今天是最合适的日子。若是这样，父亲的想法还真是和自己的很不同，沙都子一边想着，一边得意地点点头说："嗯。"

"四月份开始，你就步入社会了。"

"是啊。"

"我听佳江说，你还是决意要去东京？"

"嗯。"

"我反对，到现在也是。"

"我知道。"

"嗯。明知如此还要去吗？你不打算说服我？"

"我已经放弃了。"

"为什么？"

[①]《萤之光》和《敬仰您的尊贵》是日本学生在毕业典礼上最常唱的两首歌。

"因为找不到理由。"

"你是说,你没有能说服我的理由?"

"你会寂寞吗?"

"当然会寂寞啊,因为怕寂寞才不让你去东京,你要明白父亲的私心。"

"那就改变这个想法吧。"

"别去东京了。"

"不行!"说完,沙都子走出了家门。

她如今非常感谢一直反对她的父亲。正因为他的反对,她才有了多次重新审视自己意志的机会,才能在出席毕业典礼的此刻,充分地感受到自己不再迷茫的心情。

从学生处取了毕业证书,沙都子忽然想去许久未去的摇头小丑看看。她应该有一个月左右没去那里了。

倾斜的招牌今天也带着几分忧伤地迎接着沙都子。这家不弯腰就进不去的咖啡馆恐怕已经容不下沙都子了。

"恭喜你毕业了!"一看到沙都子,老板条件反射似的说道。他今天不知已对多少人说过这句话了。

"你在恭喜谁呢?"吧台最靠里的座位上,一个男生抬起头说道。不知道是出于怎样的心态变化,男生留起了跟他毫不相称的胡子。

"这胡子不适合你。"沙都子迅速朝加贺走去,在他旁边坐了下来,"西装也不适合。"

"听说你要离家出走了?"

"你消息还真灵通。"

"我可是顺风耳。"说着,加贺笨拙地从西装内兜掏出一个茶色信封，跟沙都子刚拿到的东西一样，是毕业证书。

"这就是四年的收获。我还没什么心理准备，他们就做好了。"

"跟我换一下吗？"

加贺笑了。"交换了也没人会发现吧。只换信封也行。"他把毕业证书放回内兜，接着要了一瓶啤酒。

"大白天也喝酒？"

"喝一杯庆祝一下呗。"

加贺先把沙都子的杯子倒满，又把剩下的倒进自己的杯子。老板赠送了一份炸薯条。

"我能问个问题吗？"沙都子问道。

加贺没有回答，只是停下了往嘴里送薯条的手，看着沙都子。

"你现在还想和我结婚吗？"

加贺把薯条塞进嘴里。"想着呢。"

"哦……谢谢啊。"

"真遗憾啊。"

"是挺遗憾的。"

"多谢款待。"加贺冲老板说完，把钱放在吧台上，起身离开。

吧台上那个小丑立在被大家遗忘的角落，依旧是一脸灿烂的笑容。靠着从虹吸管传来的热量，小丑不时地微微摇头。

图书在版编目(CIP)数据

毕业／(日)东野圭吾著；黄真译. -- 2版. -- 海口：南海出版公司, 2019.3
 (东野圭吾作品)
 ISBN 978-7-5442-9412-6

Ⅰ. ①毕… Ⅱ. ①东… ②黄… Ⅲ. ①长篇小说－日本－现代 Ⅳ. ①I313.45

中国版本图书馆CIP数据核字(2018)第210281号

著作权合同登记号　图字：30-2018-116
SOTSUGYOU
© Keigo HIGASHINO 1989
Original Japanese edition published by KODANSHA LTD.
Publication rights for Simplified Chinese character edition arranged with KODANSHA LTD. through KODANSHA BEIJING CULTURE LTD. Beijing, China.
All rights reserved.

毕业

〔日〕东野圭吾　著
黄真　译

出　　版　南海出版公司　(0898)66568511
　　　　　海口市海秀中路51号星华大厦五楼　邮编 570206
发　　行　新经典发行有限公司
　　　　　电话(010)68423599　邮箱 editor@readinglife.com
经　　销　新华书店
责任编辑　张　锐
特邀编辑　张逸兰　王　雪
装帧设计　韩　笑
内文制作　王春雪
印　　刷　河北鹏润印刷有限公司
开　　本　850毫米×1168毫米　1/32
印　　张　8.5
字　　数　193千
版　　次　2012年7月第1版　2019年3月第2版
印　　次　2023年6月第60次印刷
书　　号　ISBN 978-7-5442-9412-6
定　　价　49.50元

版权所有，侵权必究
如有印装质量问题，请发邮件至 zhiliang@readinglife.com